딸기색 립스틱을 바른 에이코 할머니

MAJO NO TAKKYUBIN GA UMARETA MAHO NO KURASHI KADONO EIKO NO MAINICHI IROIRO
© Eiko Kadono 2017
First published in Japan in 2017 by KADOKAWA CORPORATION, Tokyo.
Korean translation rights arranged with KADOKAWA CORPORATION, Tokyo through Danny Hong Agency.
Korean translation copyright © 2018 by JOURNEY TO KNOWLEDGE

딸기색 립스틱을 바른 에이코 할머니

〈마녀 배달부 키키〉 작가의 설레는 일상을 만나다

가도노 에이코 글
오화영 역

* 구두는 구둑구둑 하고 웃습니다.
  모자는 써라써라 하고 웃습니다.
  나는 재미있다고 웃습니다. •

  – 가도노 에이코

わたしは おかしいと わらいます。

かどの えいこ

* 《마녀 배달부 키키》 속 키키가 어렸을 때 지은 시.

おくつは
　　くっくっと　わらいます。
ぼうしは
　　かぶる かぶると
　　　　わらいます。

목차

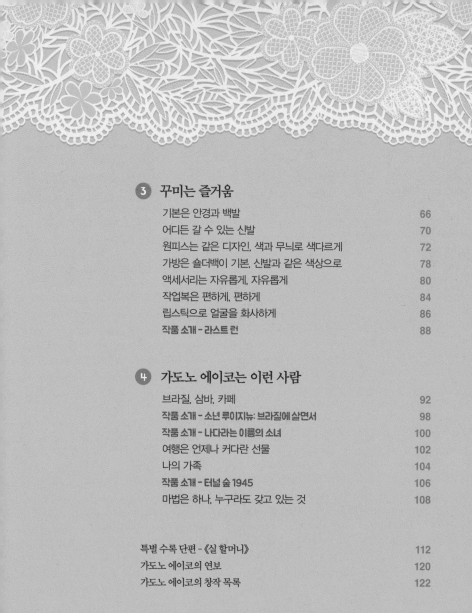

집 안 수납의 대부분을 차지하는 책장

딸기색으로 칠한 벽

원고 집필 틈틈이 끄적이는 낙서와

머릿속에 떠오른 아이디어를 적어두는 수첩 등

가도노 에이코의 일상에서 빼놓을 수 없는 것들

그녀의 동네와 집 정원에서 느끼는 즐거움도 살짝

① 가도노 에이코의 일상

다른 건 몰라도
책장만큼은 많이!

"풍족하지 못한 시절을 경험해서 그런지 물건을 잘 버리지 못해요. 옷처럼 제 취향이 녹아 있는 것들은 줄어들거나 얼룩이 생겨도 차마 버리지 못하지요. 시간이 생기면 다른 걸로 만들어야지, 하고 늘 생각한답니다. 원래도 잘 버리지 못하는 성격이지만 책은 더더욱 버리기 힘들어요. 그래서 가마쿠라에 집을 지을 때 건축가에게 가장 먼저 부탁한 게 '책장을 가능한 한 많이 만들어달라'였답니다."

아동작가인 가도노 에이코는 2001년 가마쿠라에 집을 지을 때 많은 수납공간과 함께 지진까지 고려해 바닥에서 천장까지 꽉 들어차는 책장을 주문했다.

"책장에 꽂아두면 책 위에 먼지가 쌓이잖아요. 그래서 문을 달까 생각해보기도 했는데 그러자니 어디에 무엇을 두었는지 모르기 십상이겠더군요. 그대로 잊고 있을 것도 같고요. 되도록 책을 많이 수납하기 위해 서고를 만들고 이동식 선반을 이용하자는 아이디어도 나왔습니다. 하지만 나이를 먹고 커다란 선반을 움직이는 게 쉬운 일이 아니잖아요. 결국 단순한 책장이 되었어요. 처음에는 작가별로 표지를 가지런히 맞춰 꽂아둘까도 생각해봤지만, 지금은 그냥 자연스럽게 가장 가까운 곳에 좋아하는 책을 꽂게 되었습니다. 그래야 어

주방과 다이닝룸을 나누는 벽에는 문고본을 수납
하기 위한 책장이 놓여 있다.

가도노 씨의 저서를 수납하는 책장.

자주 펼쳐보는 책은 작업실에서 가까운 책장에
수납한다.

작업용 책상 뒤로 바닥에서 천장까지 이어진 책장
이 놓여 있다. 번뜩이는 아이디어를 적어두는 검은
가죽 수첩들과 함께 문고본이 빼곡히 들어 있다.

디에 뭐가 있는지 쉽게 알겠더라고요. 딱 하나 신경 쓰는 게 있다면 꺼낸 자리에 돌려놓는 것. 당연한 거지만 잊어버릴 때가 많아요. 이것만 지켜도 웬만큼 정리가 되는데 말이에요. 이 책장에는 내 작품, 저 책장에는 딸아이가 어렸을 때 읽던 책, 저 뒤에는 내가 좋아하는 작가들의 작품 등등, 이런 식으로 제 나름대로 책장을 구분해서 사용하고 있기 때문에 어디에 뭐가 있는지 쉽게 알 수 있어요. 사실은 벽화처럼 제가 직접 벽에 그림을 그리고 싶었는데, 벽면마다 책장이 들어서서 남는 공간이 별로 없더군요. 아쉽게도 말이에요!"

책장은 거실, 다이닝룸, 작업실, 다용도실 등에 놓인 것들을 전부 합쳐 스무 개 남짓. 그녀의 전문 분야인 어린이책은 책의 대부분을 차지한다. 크기가 제각각이라 정리하는 데 애를 먹었지만, 굳이 책 크기를 신경 쓰지 않고 선반을 같은 높이로 달았다고 한다.

"사실 좋아하는 책을 스무 권 정도만 갖고 있어도 충분할 텐데, 전 도저히 버릴 수가 없더라고요. 지금은 그릇 수를 줄여 부엌 선반에도 책을 넣는 지경이 되었습니다. 화장실 선반도 책장이 된 지 오래고요. 살아가는 데 책은 최우선 순위예요. 그렇게 정해두면 아주 편해요. 가령 집을 지을 때도 책을 가장 중요하게 여기고 다른 건 별로 신경 쓰지 않았더니 일이 수월하게 진행되더군요. 그건 그렇고 아직 읽지 않은 책이 산더미 같은데 어쩌담. 원고 쓸 시간도 부족한데 말이에요!"

내 색깔은
딸기색

"딸아이가 태어났을 때 아이 색을 파란색으로 해주기로 마음먹었어요. 옷이나 인형을 고를 때도 기본색은 웬만하면 파랑이었지요. 자신의 색을 갖고 있으면 평소 생활할 때 여러 가지로 도움이 돼요. 물건을 고를 때 이리저리 고민하지 않아도 되니까요. 제 색깔을 딸기색으로 정한 건 40대였어요. 그 전까지 옷은 검정색이나 회색처럼 무난한 색뿐이었지요. 그런데 어느 날 자신은 없었지만 빨간색 옷을 입었더니 한 화가 분이 빨강이 참 잘 어울린다고 칭찬해주시더군요. 그 한마디에 용기를 얻어 지금의 제 색깔이 탄생하게 되었답니다."

집을 지을 때 책장 외에는 모두 건축가에게 맡겼다. 하지만 좋아하는 색만은 꼭 가르쳐달라고 해서 생각해 낸 색이 바로 '딸기색'이다.

"빨간색을 좋아했지만 빨강도 여러 가지잖아요. 새빨간 색은 산만해 보일 것 같아 조금 차분한 빨간색이면 좋겠다 싶었습니다. 차분한 빨간색, 하면 추상적이라 알기 힘들 테니 딸기색이라고 한 거예요. 딸기색, 하면 누구나 금방 떠올릴 수 있잖아요. 게다가 지병인 알레르기와 천식에 좋다는 규조토 벽을 사용할 생각이었는데 이 차분한 빨강과 잘 어울리겠더라고요."

거실 한 면은 산뜻한 딸기색으로 채웠다.
여기에 어울리는 60년대 임스eames 체어는 다소 얌전한 보랏빛이다.

마녀 배달부 키키

이야기는 이렇게 탄생하였다.

"1953년, 대학교 1학년이던 저는 사진 한 장에 완전히 마음을 빼앗겼습니다. 바로 미국의 유명 잡지 《라이프》에 실린 '새의 눈으로 바라본 뉴욕 거리'라는 흑백 사진이었어요. 급수탑과 희미한 보랏빛을 띠는 벽돌 건물. 하늘에서 내려다본 풍경은 마치 제가 세상을 안고 있는 듯한, 그리고 거기에는 또 하나의 이야기가 숨어 있는 듯한 기분이 들었어요."

그로부터 이십여 년 후, 열두 살이 된 딸이 그린 마녀 그림과 뉴욕 거리의 사진이 머릿속에서 한데 포개졌다.

"빗자루를 탄 마녀, 하면 평범하지만 그 그림 속에는 라디오가 걸린 빗자루에 검은 고양이가 올라가 있었어요. 그 순간 예전에 본 뉴욕 사진이 떠오르면서 머릿속으로 이야기가 밀려들었습니다. 이 이야기를 글로 적으면 마치 새의 눈으로 마녀와 함께 세상을 날아다니는 기분이 들 것 같았어요."

땅보다 조금 위에 있는 판타지가 좋다고 한다. 완전한 가공의 세계가 아닌

《마녀 배달부 키키》 전6권
후쿠인칸쇼텐 (후쿠인칸 창작동화 시리즈 1985~2016년,
후쿠인칸문고 2002~2013년)

《마녀 배달부 키키》 (개정판) 전6권
가도카와쇼텐 (가도카와문고 2015년)

어디까지나 평범한 일상을 엿볼 수 있기 때문이다. 딸이 그린 마녀 그림 속 라디오가 바로 그런 것이었다.

"후쿠인칸쇼텐福音館書店의 월간 어린이잡지 《엄마의 친구母の友》에 일 년 동안 꼬마 마녀의 이야기를 연재했는데, 이게 훗날 단행본으로 출간됩니다. 바로 《마녀 배달부 키키》이지요."

1권이 발매되자마자 반응은 놀랄 만큼 뜨거웠고, 애니메이션 영화로도 제작되었다. 눈 깜짝할 사이에 《마녀 배달부 키키》라는 책 제목이 세상에 알려졌고, 마지막 권인 6권이 나오기까지 24년의 세월이 흘렀다.

"이 이야기에서 가장 좋아하는 부분은 키키가 처음으로 홀로서기 여행을 떠날 때예요. 걱정스러운 눈으로 바라보는 가족과 마을 사람들에게 '선물 포장을 뜯어볼 때처럼 가슴이 두근거려요'라고 말하는 대사. 이건 제 성격 그대로입니다. 별로 깊이 생각하지 않고 좋은 점만 생각하지요. 물론 단점이기도 하지만요."

전쟁이 끝나고 사람들이 자유와 즐거움을 갈구하던 시대에 스무 살 전후를 보낸 가도노 에이코는 여러 가지를 보고 들으며 자기 것으로 만들어갔다. 특히 미국의 영화나 책에 나오는 해피엔드에는 가슴이 말랑말랑해지며 따뜻해졌고, 브라질에서 생활할 때는 느긋하고 여유로운 사람들의 좋은 점을 많이 배웠다. 그 모든 것이 투영된 것이 《마녀 배달부 키키》다.

"저기……."

키키는 자기도 모르게 아주머니를 뒤따라가 말을 걸었습니다.

"괜찮으시면 제가 대신 가져다주고 올까요?"

아주머니는 돌아보더니 두세 걸음 물러났습니다. 그리고 재빨리 키키를 머리끝부터 발끝까지 훑어보았습니다.

"귀여운 아가씨인데, 검은 옷을 입고 빗자루를 들고…… 혹시 굴뚝 청소부?"

"아뇨, 저어…… 실은…… 좀 전에 이 마을에 도착한 마녀예요."

키키는 조심스럽게 말했습니다.

아주머니는 한 번 더 키키를 훑어보았습니다.

《마녀 배달부 키키》 본문 중에서

《마녀 배달부 키키》는 스웨덴, 이탈리아, 태국, 베트남 등 여러 나라에서 번역 출간되었다.
한국과 중국에서는 전집이 출간되었다.

어느새 늘어난 검은 고양이 '지지' 인
형은 바구니에 담아 계단에 놓았다.

1989년 미야자키 하야오宮崎駿 감독이
애니메이션 영화로, 2014년에는 시미
즈 다카시淸水崇 감독이 실사판 영화
로 제작했다. 오른쪽은 1993~1996년
에 상연된 고故 니나가와 유키오蜷川
幸雄 연출의 뮤지컬 팸플릿.

열두 살이던 딸이 그린 마녀 그림.
이 그림이 가도노 씨에게 마법을 걸어
주었다. 달이 뜬 밤하늘을 나는 마녀의
빗자루에는 라디오가 걸려 있고, 훗날
'지지'가 되는 검은 고양이도 오도카니
올라타 있다. 이 밖에도 익살맞은 마녀
의 모습이 가득 그려져 있다.

벽에 그림을
그리고 싶어라

"어릴 때부터 낙서하는 걸 엄청 좋아했어요. 돌을 주워서 길바닥에 가게라든가 집, 전봇대, 길을 그리며 놀곤 했지요. 우리 집 벽에도 그런 식으로 그림을 그리고 싶어져서 조금 그려봤더니 금세 지치더군요. 그래서 미리 잘라놓은 코르크 보드에다 그림을 그려 벽에 붙였습니다. 천장과 벽에 직접 그림을 그린 미켈란젤로는 정말 힘들었을 거예요."

작업실 입구의 코르크 보드로 된 '낙서판'에는 어린이들이 직접 만들어 보내준 마스코트나 편지 등도 그림의 한 부분처럼 소중히 걸려 있다.

"붓에 물감을 살짝 묻혀 그리고, 다시 살짝 묻혀 그리고, 이 작업을 반복하다 보면 어느새 손이 저절로 움직입니다. 글을 쓰는 것도 마찬가지예요. 머릿속의 생각들이 손끝을 따라 움직이지요. 그림은 누구나 그릴 수 있어요. 잘 그리려고 하니까 그리지 못하는 것뿐이에요. 창피하다는 생각이 방해를 하는 거지요. 그리려는 마음만 있다면 얼마든지 즐길 수 있답니다."

특별한 구상 없이 나무, 하늘, 시냇물, 작은 집을 손 가는 대로 쓱쓱 그려 넣은 벽화는 '여기가 판타지의 입구입니다'라고 속삭이는 듯하다. 가도노 에이코는 그 입구를 통해 보이는 세계와 보이지 않는 세계를 왔다 갔다 하며 매일 펜을 움직이고 있다.

작업실 벽에 그려진 나무에 열매처럼 매달려 있는 것은 어린이 독자들이 보내준 편지와 작은 인형들.

마음이 내킬 때마다 조금씩 그리고 있는 그림은 침실에 걸 예정이다. 붓 끝에 살짝 물감을 묻혀 손이 움직이는 대로 쓱쓱 그린다.

햇살이 쏟아지는 창문 앞 책상은 아이디어를 정리하거나 원고를 손으로 적을 때 사용한다.
옆에는 문구가 들어 있는 빨간 왜건이 대기 중이다.

컴퓨터로 원고를 쓸 때 사용하는 책상.
그 앞쪽에 설치한 선반에는 그녀의 저서, 사전, 도자기 잉크병이 놓여 있다.

검은 가죽 수첩은 조심히 관리

"생각이 떠오르면 어디에든 끄적이는 버릇이 있습니다. 음식점에서는 젓가락 포장지나 코스터 뒷면 등에 적어두지요. 그런데 막상 보려고 하면 어디에 두었는지 도저히 못 찾겠더라고요. 분명 괜찮은 아이디어였는데……. 기억을 더듬거리며 다시 적어봐도 이미 처음 같을 순 없지요. 이럴 땐 너무 아깝고 속상합니다. 그래서 검은 가죽을 구해 항상 가지고 다닐 수 있도록 문고본 형태의 수첩을 50권 정도 만들었어요. 늘 가방에 넣고 다니면서 생각이 떠오르면 어디서든 꺼내 적습니다. 그림이나 시, 혹은 우연히 엿듣게 된 이야기나 오늘 저녁 먹을 메뉴 등 뭐든지 편하게 말이지요. 제 모든 것이 들어 있는, 누구에게도 보여줄 수 없는 자유로운 세계입니다. 자그마한 수첩이지만 덕분에 솔직해질 수 있는 것 같아요. 비밀도 가득하고요. 그래서 이름하여 나의 '검은 가죽 수첩'이에요. 뭔가 미스터리하지 않나요?"

검은 가죽 수첩 외에도 흰 바탕에 빨간 물방울무늬나 바둑판무늬가 들어간 노트를 애용한다. 주로 원고 초안용으로 집에서 사용하는 노트다. 예전에는 본인의 이름을 넣은 원고용지를 주문 제작한 적도 있지만, 집필 리듬과 맞지 않아 무지 노트로 바꾸었다고 한다.

"공들여 만든 것에는 이왕이면 좋은 걸 적고 싶잖아요. 가장 중요한 건 일단 자유롭게 적는 거예요. 그래서 일부러 아무것도 없는 백지를 골랐습니다."

집에서 초안을 쓸 때는 흰 바탕에 빨간 물방울무늬 혹은 바둑판무늬 노트를 사용한다. 선이 없어 쓰기 편하다.

골동품 시장과 여행지에서 구입한 도자기 잉크병. 오래된 바카라Baccarat 제품도 눈에 띈다.

외출할 때 지참하는 검은 가죽 수첩. 아이디어를 적거나 낙서를 할 때 사용한다.

차곡차곡 모인
추억

　　포르투갈을 돌아다니거나 마녀를 찾는 여행 등을 떠나면서 발견한 자그마한 인형과 스노글로브, 《네시의 신랑ネッシーのおむこさん》을 집필한 후 찾아간 네스 호에서 발견한 유리로 만든 네시*, 지인에게 받은 손가락 인형과 작은 시계, 본인이 직접 그린 조그마한 그림이 들어간 액자…….

　　"이 선반은 일 년에 두 번 청소하기로 정했습니다. 오밀조밀한 것들이 많아 큰 작업이지요. 청소하면서 '아, 이런 것도 있었지' 하며 예전 생각을 떠올리곤 합니다. 프랑스에서 발견한 케이크에 넣는 작은 도자기 인형이나 영국제 험프티 덤프티, 펩시가 스타워즈 캠페인을 할 때 쓴 뚜껑, 딸이 어렸을 때 만든 인형도 들어 있어요. 비싼 것은 하나도 없지만 저마다의 추억과 이야기가 담겨 있어서 하나같이 소중합니다. 이미 세상을 떠난 분께 받은 선물도 있고요. 태어난 곳도 자란 곳도 제각각인 소품이지만, 보고 있으면 처음 만났을 때의 풍경이 머릿속에 스치면서 마치 그때로 돌아간 기분이 듭니다. 게다가 '하나님께 벌 받는다'는 생각이 들어 차마 버리지 못하지요. 이건 아버지가 입버릇처럼 하시던 말씀이기에 자연스레 주입되었어요. 그래서 자그마한 것들은 모두 여기에 장식하지요. 이미 정원 초과, 러시아워입니다!"

* 스코틀랜드 네스 호에 산다는 정체불명의 동물.

2층 거실에 자리한 오픈 선반은 계단에서
올라오는 층계참에서도, 거실 옆에서도 보
이는 유리 제품이다. 소품이 많다는 걸 알
고 건축가가 귀띔해준 것. 위아래로는 문이
달린 수납공간이 있어 책을 가득 수납할 수
있다.

현관 앞의
서프라이즈

　　현관을 열자마자 눈에 쏙 들어오는 자그마한 서랍장과 어린이용 의자. 서랍장 위에는 빨간 모자를 쓴 익살스러운 얼굴이 놓여 있다.

　　"이건 후쿠오카福岡에서 열린 도서 박람회에 갔다가 발견한 어린이용 가구입니다. 가구 회사인 히로마쓰広松목공과 가구 디자이너인 와타나베 유渡辺優 씨가 기획·제작한 거지요. 어딘지 장난기가 배어 있지 않나요? 현관 앞에 두고 서랍에 스카프나 손수건, 모자 등을 넣어둡니다. 외출할 때 착착 고를 수 있어서 매우 유용하지요. 눈과 입은 자석이라 그 날 기분에 따라 웃는 얼굴로 변신하거나 뿌루퉁한 얼굴로 변신해요.

　　'아차, 손수건을 깜빡했다!' '스카프를 다른 걸로 바꾸고 싶은 걸!' '아, 시간 없는데!' 이럴 때 손을 뻗어 금방 꺼낼 수 있어서 무척 편리합니다. 게다가 집에 찾아온 손님에게 자그마한 서프라이즈를 선사할 수 있어 참 즐겁답니다."

정원 손질,
아~ 잡초들이여!

"널따란 정원 한가운데 덩그러니 사과나무 한 그루. 이게 꿈에 그리던 정원이었지만, 이사 온 가마쿠라는 사과나무가 자라기 어려운 기후라고 하더군요. 게다가 정원은 손바닥 크기였어요. 꿈은 물거품처럼 사라졌어요. 그래서 대신 귤나무와 감귤나무를 두 그루 심었더니 눈 깜짝할 사이에 쑥쑥 자라 작년에는 열매를 백여 개나 수확했어요. 저는 열매를 맺는 나무가 좋습니다. 어린 시절 피난 가기 전에 살던 집에는 무화과나무, 감나무, 밤나무들이 있어 나무에 올라가 열매를 따먹거나 땅으로 떨어뜨리곤 했지요. 왈가닥이었어요. 전쟁 중 먹을 게 부족하던 시절에는 농가 마당에서 빛나는 감을 부러운 눈으로 쳐다본 적도 있어요. 서글픈 기억이랍니다. 그래서 꽃보다 열매이지요."

감귤나무에 금귤도 합세했다. 남는 공간에는 그다지 손이 가지 않을 만한 여러해살이풀을 심었다. 여러 색을 심기보다는 흰색, 노란색, 연한 분홍색, 보라색, 이렇게 되도록 색을 정했다.

"차분한 정원이 좋아요. 나이 탓일까요?" 하며 웃는 그녀.

"정원 손질을 좋아하는 것은 아니지만 하루에 한 번, 정원에 나가 푸르름을 보면 기분이 좋아집니다. 그런데 잡초는 기가 막힐 정도로 쑥쑥 자라더군요. 방심하는 순간 잡초로 뒤덮여버린답니다."

계절의 아름다움을 뽐내는 꽃들로 가득한 정원.
원고를 쓰다가 가끔씩 정원으로 나와 물을 주거나 풀꽃을 바라보며 기분전환을 한다.

걷는 즐거움이 있는
가마쿠라

도쿄의 서민 동네에서 태어나 자란 가도노 에이코는 전쟁 때를 빼고는 줄곧 도쿄에서 살았다. 한때 작업 공간을 산속으로 옮겼는데, 그때 자신에게는 산보다 바다가 맞는다는 것을 깨달았다고 한다. 그리고 2001년 바다와 가까운 가마쿠라로 거처를 옮겼다.

"자동차가 다니지 못하는 좁은 길이나 그물망처럼 이어진 골목을 보면 신이 나서, 막 이사 왔을 때는 '이쪽으로 가보면 어떨까? 저쪽은?' 하며 좁은 골목길을 여기저기 돌아다녔습니다. 엉뚱한 곳이나 막다른 곳이 나타나는 게 재미있어서 골목길을 발견하면 가슴이 두근거렸지요. 이런 점은 나이를 먹어도 변하지 않더라고요. 어릴 적에는 놀다가 미아가 될 뻔도 했으니까요. 모험을 좋아해서 거리는 구석구석 제 발로 확인해야 직성이 풀립니다. 일상생활에 도움을 주는 개인 상점이 아직 건재한 것도 가마쿠라의 빼놓을 수 없는 장점이지요. 물론 적당히 큰 마트도 몇 개쯤 있고요. 역사 깊은 신사와 절, 그걸 감싸 안듯이 바다와 산이 있고 하늘은 항상 넓게 펼쳐져 있어 마음이 편안해집니다. 가마쿠라문학관 정원에서 바라보는 바다는 말로 설명할 수 없을 정도예요. 도쿄에서 전철로 한 시간 거리이지만, 상쾌한 바람이 기분 좋은 곳입니다. 사람과 사람 사이가 가까운 것도 이 마을의 매력이지요. 금세 웃으며 이야기꽃을 피

'가장 좋아하는 골목'이라고 귀띔해준 주택가의 좁은
골목. 건너편으로 에노시마江ノ島전철 건널목이 보이
는 한가로운 곳.

어디를 가든 꼭 지나게 되는 길모퉁이의 청과점
하마유우상점은 의지가 많이 되는 가게.

'카페 비브망 디망슈'의 주인장 호리우치 씨가 내리는
커피에는 특별한 맛이 있다.

비치코밍한 유리나 도자기의 조각은 병에 담아둔다.

웁니다. 거리, 자연, 사람, 상점 등 살아가는 데 필요한 것들이 적당히 균형을 이루는 곳. 가마쿠라는 참 살기 편한 곳이에요."

해질녘, 일을 마치고 어슬렁어슬렁 동네를 산책할 때는 떠오른 생각을 적거나 낙서를 하는 수첩을 지참한다. 그리고 바다 근처 벤치에서 느긋하게 휴식. 가끔씩 운동도 할 겸 모래 위를 걸으며, 마음이 내킬 때는 비치코밍 beachcombing●도 한다. 좋아하는 치즈가 구비되어 있는 마트나 감칠맛 나는 야키토리 전문점 '가마쿠라야키토리 히데요시鎌倉やきとり 秀吉'에 들르는 것도 즐거움 중 하나다. 도쿄에서 일을 마치고 돌아오는 길 늦게까지 문을 여는, 옛 모습 그대로인 청과점 '하마유우浜勇상점'에서 그 날 먹을 양만큼 제철 채소를 산다.

"자주 가는 레스토랑은 집 근처에 있는 프렌치 비스트로 '파파노엘パパノエル'이예요. 맛도 있고 분위기도 편안해요. 코마치小町에 있는 '카페 비브망 디망슈 カフェ ヴィヴモン ディモンシュ●●'에서 커피 한 잔. 그리운 브라질의 공기를 맛봅니다. 오나리도리御成通り에 있는 '리미니リミィニ'라는 편집숍의 주인장 센스는 정말 뛰어나요. 개성 가득한 액세서리가 많아 즐겨 찾는 곳이지요. 옷은 천을 끊어다주면 지인이 만들어주기에 산책 겸 '스와니スワニー'라는 포목점에 들러 마음에 드는 천을 고릅니다. 일부러 멀리 나가지 않아도 웬만한 건 이 동네에서 해결할 수 있어요."

바다를 산책한 후에는 커피를 한 잔 마시고 그 날 만난 물건을 들고 집으로 돌아온다. 조그마한 동네지만 분수에 맞는 생활이 가능하다. 가도노 에이코에게 가마쿠라는 이런 동네다.

● 해변에 밀려온 쓰레기를 줍는 행위.
●● 카페이자 브라질 요리 전문점.

침실의 관음보살

　　도쿄 아라이야쿠시新井藥師에 살았을 때, 일부러 시간을 내 한 달에 한 번 열리는 골동품 시장에 찾아가곤 했다. 그곳에서 눈이 딱 마주친 것이 바로 이 관음보살이었다.

　　"그날도 평소처럼 골동품 시장을 어슬렁거렸습니다. 쭉 늘어선 그릇과 도자기들 가운데 이 관음보살이 오도카니 서 있더군요. 손바닥 안에 쏙 들어가는 관음보살을 보니, 예전 친구가 아팠을 때 자그마한 목조 관음보살을 손에 쥐고 있던 게 생각났어요. 나에게도 부적처럼 나를 지켜주는 게 있으면 좋겠다 싶어 구입하게 되었습니다. 종교와는 딱히 상관없어요. 하지만 오랫동안 여행을 떠날 때는 가방에 넣고 늘 함께 다녔답니다. 작은 궤를 구입하고부터는 침대맡에 놓고 보호를 받고 있지요. 항상 일, 가족, 집, 제 자신에 대해 기도를 드리지만 왜 그런지 마지막은 '아버지 도와주세요'로 끝나요. 우리 아버지랑 어딘가 닮아서일까요?"

나의 하루

여든두 살 가도노 에이코 씨의 아침 눈뜰 때부터
밤에 잠들 때까지 어느 하루 스케줄.

8:00	눈만 잠들어 있다.
8:30	아침 식사, 청소
10:30	메일 확인, 작업
14:00	가벼운 점심
16:00	작업 마무리, 산책, 쇼핑,
	동네 카페에서 커피 한 잔
19:00	저녁 식사
19:00 ~	끄적끄적 그림
	끄적끄적 글
	TV 드라마
23:00	TV 뉴스
00:30	욕조 목욕 or 샤워
1:00	미스터리 소설 읽기
2:00	새근새근

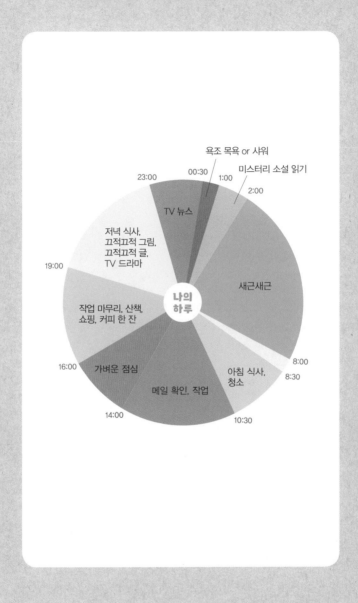

욕조 목욕 or 샤워

미스터리 소설 읽기

00:30   1:00

23:00   2:00

TV 뉴스

저녁 식사,
끄적끄적 그림,
끄적끄적 글,
TV 드라마

19:00

새근새근

나의
하루

작업 마무리, 산책,
쇼핑, 커피 한 잔

16:00

8:00

8:30

가벼운 점심

아침 식사,
청소

메일 확인, 작업

14:00

10:30

정원에 열린 귤을 짜서

주스를 만드는 것으로 시작하는 아침

오랜 세월 축적된 살림의 지혜에서 싹튼

단골 메뉴와 그 레시피는

간단하고 맛있기로 호평이 나 있다.

여든두 살이 된 그녀가

매일 마주하는 식탁은 어떤 모습일까

요리법, 먹는 즐거움에 관하여

2 간단하고 먹음직스러운 식탁

정원의 굴로 만든 주스,
아~시어라!

"몇 년 전 정원에 감귤나무를 심었습니다. 앞에서도 말했듯이 사실 정원에 덩그러니 사과나무를 한 그루 심는 게 꿈이었지만, 마당 크기로 봐서는 감귤이 가장 적당할 것 같았어요. 게다가 가마쿠라에는 굴나무를 심은 집들이 많았는데, 모두 먹음직스러운 열매가 주렁주렁 열려 있었거든요. 아니나 다를까 우리 집 굴나무도 순식간에 쑥쑥 자라 열매를 맺었습니다. 그런데 웬일인지 하나같이 시더라고요. 할 수 없이 정원에 열린 것들은 관상용이라고 단념하고 달달한 굴을 사 먹었습니다. 그런데 탐스럽게 가득 열린 열매를 보고 있자니 마음이 편치 않더라고요. 그래서 짜서 주스로 만들어 마셔봤습니다. 물론 시지만, 아침에 마시기에는 몸을 긴장시켜주는 게 오히려 괜찮겠다 싶었어요. 게다가 집 정원에 열린 걸 매일 아침 마신다고 생각하니 횡재한 것 같고요."

감귤이 노랗게 익기 시작하면 수확해 상자에 넣고 완전히 익을 때까지 기다린다. 예전에는 껍질을 버리기 아까워 마멀레이드를 만들기도 했지만, 감귤 두 개로 만들어도 남을 정도라 거의 주스나 드레싱으로만 활용한다. 매일 아침 갓 짠 감귤 무농약 주스나 과즙을 넣은 드레싱 등, 감귤은 가도노 씨 집에서 빼놓을 수 없는 풍경이 되었다. 아무래도 그녀의 활기는 아침에 마시는 신선한 주스에 있는 듯하다.

아침에 마시기 딱 좋은 신맛이라며,
익숙한 손놀림으로 꾹꾹 경쾌하게 주스를 만든다.

흰색 식기는 최소한, 남색 식기로 색을 입힌다

"사기그릇과 포목을 참 좋아해요. 저뿐만이 아니라 여자라면 대체로 이런 걸 좋아하지요. 이 그릇은 아라이야쿠시에 살았을 때 골동품 시장이 열리면 찾아가 조금씩 사 모은 것입니다. 가면 하나 정도는 꼭 사게 되더라고요. 문득 정신을 차려보니 양이 꽤 늘어나 가마쿠라로 이사 올 때 사람들한테 제법 나눠주었습니다. 저는 소탈하고 은은한 멋이 나는 남색의 인반印判을 좋아해요. 고이마리古伊万里는 당연히 근사하지만, 가격도 제법 나가기에 선뜻 사기 힘들지요. 인반은 대부분이 메이지 시대에 잡기雜器라고 불리던 것들일 거예요. 지금은 꽤 가격이 나가는 듯하지만, 제가 살 때는 지금보다 훨씬 저렴했습니다. 그래서 기분 좋게 하나둘씩 손에 넣을 수 있었어요. 게다가 의외로 흰 식기에 포인트가 되어 참 예쁩니다. 원래도 남색을 좋아했지만 포르투갈에 여행을 가서 푸른색의 아름다운 전통 타일, 아줄레주Azulejo를 접하고 난 후 더욱 좋아졌어요. 그때부터 남색의 매력에 더욱 빠져버렸지요. 이 그릇들 외에도 제가 직접 그림을 그려 넣은 그릇을 잘 쓰고 있답니다. 다지미多治見에 강연하러 갔을 때 현대도예미술관에서 그림을 그린 큰 접시나, 떠오른 문구 혹은 동물 그림을 그린 찻잔도 대여섯 개 있어요."

남색과 함께 내놓는 흰색 식기는 대부분이 무인양품 제품. 식기세척기에도

나비, 새, 동자 그리고 체크무늬가 들어간 그릇들은 그녀가 특별히 아끼는 것들.

사슴이 그려진 사각 접시와 노인과 산, 박쥐가 그려진 작은 접시.

야마가마山形県 현 오바나자와尾花沢에서 직접 그린 찻잔. '퉁퉁한 뱀', '마른 코끼리' 등의 문구도 재미있다.
현재도 애용 중.

사용할 수 있고, 깨져도 금방 비슷한 모양을 살 수 있기에 사용하기 편하다고
한다. 흰색과 남색, 과거와 현대끼리 짝을 지어 식탁을 꾸미는 셈이다.

한눈에 반해 구입한 찻잔 세트.

현대도예미술관에서 직접 그림을 그려
넣은 큰 접시.

요리는 좋은 식재료로
되도록 간편하게

"최근 식생활에서 중시하는 것은 되도록 좋은 식재료와 조미료를 사용하는 것입니다. 세 끼 같은 시간에 가족끼리 모여 식사하는 게 어릴 때부터의 습관이기도 하고, 전쟁 중에 식량난도 경험해서 그런지 여행을 떠날 때나 며칠간 약속이 있을 때는 어디서 어떻게 식사를 해야 할지 꽤 신경이 쓰인답니다. 정해진 시간에 든든히 먹는 것. 이게 몸에 밴 습관이지요. 이건 나이를 먹어도 변하지 않아요. 그래도 이왕이면 맛있는 걸 먹고 싶어서 제철 식재료와 질 좋은 조미료에 신경을 쓰게 되었습니다. 간장, 된장, 소금 같은 기본 조미료는 전통 방식 그대로 제조한 것을 쓰지요. 이것만으로 딱히 공을 들이지 않아도 깊은 맛을 낼 수 있어요. 채소는 남으면 조림이나 볶음을 해 먹거나 버섯류는 초절임으로 만들어 언제든 꺼내 먹을 수 있게 해둡니다. 여름 동안에는 오이를 쓱쓱 썰어 간장, 식초, 후추, 참기름에다 담가두면 두고두고 맛있게 먹을 수 있지요. 이런 간단 요리를 만드는 게 자투리 시간의 즐거움입니다. 옆에서 입을 벌리고 기다리는 어린아이가 있었을 때는 두 팔을 걷어붙이고 열심히 만들었지만, 지금은 그보다도 가능한 한 간단하고 맛있게 해 먹어요. 자신 있는 요리요? 글쎄요. '무조건 간단 요리'인 것 같아요."

제철 음식 먹기와 좋은 조미료 사용하기 이외에도 매일 음식이 남지 않도록

가도노 에이코의 간단하고 맛있는 단골 메뉴. 후다닥 만들어 휙 테이블에 올려놓는다.
역시 익숙한 솜씨다.

자주 이용하는 냄비 3총사.
요리를 즐겁게 해주는
덴스크DANSK의 빨간 냄비.
편수 냄비에는 지지가 그려져 있다.
휘슬러Fissler 냄비는
모든 요리에 사용하기 편하다.

딱 먹을 만큼만 만드는 것 역시 신경 쓰는 점이다. 전날과 같은 메뉴는 가급적 피한다. 기본은 그 날 먹을 양만 만들기. 필요한 만큼만 만들기 때문에 낭비도 줄어든다. 하지만 스프처럼 넉넉히 만들어두어야 맛있는 것은 냉장고에 있는 야채를 꺼내 큼직한 냄비에 가득 끓인다. 남으면 믹서에 돌려 잘게 갈아서 냉동 보관한다. 그걸 카레나 화이트 스튜, 비시수와즈로 만드는 지혜는 오랫동안 가사와 일을 양립하는 과정에서 생겨났다. 맛이 잘 나지 않을 때는 버터를 넣으면 의외로 맛있어진다. 남은 닭튀김을 작게 잘라 샐러드에 넣으면 푸짐해진다. 같은 샐러드라도 씹는 느낌이 다른 채소를 한데 넣으면 포만감을 느낄 수 있다. 건어물은 한꺼번에 구워서 찢어놓으면 밥에 얹어 먹거나 빵에 끼워 먹는 등 쓰임새가 다양하다. '묵은 채소 절임은 잘게 썰어 만두소로 변신시키면 의외로 맛있게 먹을 수 있다' '애매하게 남은 채소는 잘게 썰어 소금을 뿌려놓으면 샌드위치 속을 만들 때 편하다'…… 등등 쉬지 않고 간단 요리의 아이디어가 쏟아진다. 먹음직스러운 식탁을 차리는 지혜는 나이와 함께 차곡차곡 늘어나는 모양이다.

"힘을 빼고 적당히 하는 거지요. 하지만 좋게 말하면 시간을 효율적으로 이용하는 거랍니다."

알리오올리오 (브라질식)

재료(2인분)
닭다리살 2쪽, 마늘 2쪽,
올리브오일 적당량,
소금, 후추

만드는 방법

❶ 닭고기는 두툼한 부분에 칼집을 넣어 벌린 후 전
체적으로 얇게 칼집을 낸다(껍질에도). 반으로 잘라 양
면에 소금, 후추를 살짝 뿌린다.
❷ 마늘은 얇게 썬다. 달군 팬에 올리브오일을 적당량
두른 다음 마늘을 넣어 튀기듯이 바짝 볶는다. 마늘
향이 우러나면서 노릇노릇해지면 꺼내놓는다.
❸ ②의 프라이팬에 ①을 껍질 면부터 가지런히 놓고
굽는다. 껍질이 바싹하게 구워지면 뒤집고 뚜껑을 덮
어 다시 반대 면을 굽는다. 속까지 익힌다.
❹ 접시에 ③을 담고, ②를 얹는다.

생강 볶음밥

재료(2~3인분)
생강 350g (밥의 1/3 정도),
갓 지은 밥 (찻잔으로 3개분),
흰 깨 적당량, 기름, 간장

만드는 방법

❶ 생강은 수세미로 잘 문질러 씻고, 껍질의 더러운
부분은 벗긴다. 적당한 크기로 자른 다음 푸드 프로
세서로 쌀알 정도 크기로 간다. 푸드 프로세서가 없
다면 칼로 잘게 다진다.
❷ ①을 체로 걸러, 물기를 착 뺀다.
❸ 달군 팬에 기름을 적당량 두르고, ①을 넣어 볶는
다. 기름이 골고루 섞이면 밥을 넣어 다시 볶는다. 밥
이 향긋하게 볶아지면 팬 가장자리에 간장을 적당량
두르고 흰 깨를 뿌려 같이 살짝 볶는다.
＊생강과 간장의 양은 취향대로 넣는다.

만능 드레싱

재료(만들기 편한 분량)
오이 1개, 토마토 2개, 셀러리 1/4대,
양파 1/2개, 레몬즙 1개분 정도,
올리브오일 적당량, 소금, 후추

만드는 방법

❶ 오이는 세로로 4등분하여 1cm 크기로 썬다. 토마토
도 사방 1cm로 썰어 물기를 꼭 짠다. 셀러리는 섬유질을
벗기고 똑같이 사방 1cm로 썬다. 양파도 마찬가지.
❷ 볼 혹은 밀폐용기에 ①을 넣고 소금, 후추를 적당
히, 레몬즙, 올리브오일을 듬뿍 뿌려 한데 버무린다. 그
대로 냉장고에 30분 정도 두고 간이 배게 한다. 맛을
본 후 시다면 취향에 따라 설탕을 조금 넣는다.
*포크소테나 치킨소테, 샐러드 등에 듬뿍 뿌려 먹는다.

양배추 한 가지 샐러드

재료(2~3인분)
양배추 4~5장, 가쓰오부시 적당량,
구운 김 또는 한국 김 1장, 간장, 참기름

만드는 방법

❶ 양배추는 섬유를 끊어내듯 손으로 한입 크기만큼
자른다.
❷ 그릇에 담고 가쓰오부시를 뿌린다. 김을 적당한 크
기로 잘라 올린다. 간장 적당량과 참기름을 듬뿍 뿌려
버무린다.

재료가 없을 때 뚝딱 주스

재료(1인분)
발사믹 식초, 물 혹은 탄산수, 얼음,
꿀 적당량

만드는 방법

❶ 잔에 얼음을 넣고, 발사믹 식초를 적당량 넣은 후
물 혹은 탄산수를 붓는다.
❷ 잘 섞은 후 마신다. 너무 시다면 꿀을 넣는다.

꼬마 유령 시리즈 앗치, 곳치, 솟치*

어느 날 딸이 내뱉은 '앗치, 곳치, 솟치'라는 말에서 1979년 탄생한 꼬마 유령 시리즈.

고급 레스토랑의 다락방에 살며 음식을 만드는 꼬마 유령 앗치가 사이좋은 친구 옛짱, 길고양이 본과 함께 스파게티, 카레라이스, 새우튀김 등에 얽힌 먹음직스러운 이야기를 펼친다.

"잡지사에 대타로 원고를 낸 적이 있어요. 그때 쓴 이야기가 이 꼬마 유령 시리즈의 시초, 전신이 되었지요. 먹는 걸 좋아하다 보니 자연스럽게 이런 종류의 이야기를 쓰게 되었는데, 설마 36권까지 이어지다니. 이렇게 오랫동안 사랑받을 줄은 생각지도 못했답니다. 어릴 때 읽던 책을 자신의 아이들에게도 보여주고 싶은 독자들이 이 시리즈를 많이 찾아주고 있어요. 먹는 것은 곧 사는 것. 우리 삶에서 빼놓을 수 없는 것이기에 가장 친숙한 소재예요."

'길고양이 수프', '매워 매워 카레라이스의 노래'와 같이, 등장하는 명칭이나 익살스러운 의성어·의태어에서 가도노 에이코의 장난기 많고 먹을 걸 좋아하는 성격을 엿볼 수 있다.

* '저기, 여기, 거기'의 일본어 발음.

꼬마 유령 '앗치'를 비롯해 어린이 독자들이 직접 만들어 보내준 열쇠 고리와 편지 등의 선물. 모두 소중히 보관하고 있다.

《꼬마 유령 시리즈》 전36권
포플러사 (1979년~)

앗치는 맛있는 걸 엄청 좋아하는 꼬마 유령입니다.

앗치의 집은 동네에서 가장 고급스러운 레스토랑의 다락방.

영리하게도 맛있는 음식 바로 코앞에 살지요.

앗치는 저녁때가 되면 다락방에서 레스토랑으로 후다닥 내려
옵니다.

모습을 감추고는 문을 쿵 걷어차거나,

웨이트리스 손에 들린 접시를 툭 건드려 떨어뜨리거나,

칼이나 포크를 몰래 숨기지요.

사람들이 어리둥절해하는 사이 후후후 웃으며

진수성찬의, 그것도 가장 맛있는 부분을 쏙 빼어 먹습니다.

《스파게티가 먹고 싶어요》본문 중에서

달콤 짭짜름한 맛

　　무척 기다려지는 간식 시간. 원고를 쓰다가, 노트에 아이디어를 꼼꼼히 적다가, 강연을 마치고 한숨 돌리고 싶을 때는 달달한 전통 과자와 센베를 찾는다.

　　"팥소라면 자다가도 벌떡 일어날 정도로 좋아해요. 그래서 직접 팥을 삶아 보관해둘 정도입니다. 조금씩 꺼내 설탕이나 꿀에 묻혀 먹거나, 토스트에 얹어 먹지요. 팥을 삶을 때는 소금을 살짝 쳐요. 팥의 풍미가 살아나 훨씬 달콤해집니다. 이것 말고도 집 근처 전통과자점에서 긴쓰바*와 팥소가 들어간 과자를 즐겨 사요. 그리고 빼놓을 수 없는 센베. 어릴 적 어른들이 자주 만들어주시던 아게모치와 비슷해 참 좋아합니다. 요새는 찹쌀과 식물성 기름, 여기에 소금만 넣는 옛날 방식의 오카키**를 즐겨 먹어요."

　　말하자면 전통 과자를 좋아한다. 최근 푹 빠져 있는 오카키는 봉투를 열면 그 자리에서 전부 먹어버릴 정도라 일부러 조금씩 접시에 덜어 먹는다고 한다. 센베와 팥소의 이야기가 담긴 책이 출간될 날도 멀지 않은 듯싶다.

* 밀가루 반죽에 팥소를 넣고 구운 일본 전통 과자.
** 떡 튀김.

알록달록한 안경에 백발

화사한 색상의 원피스

사탕같이 귀여운 반지

큼지막한 목걸이

예나 지금이나 한결같은

그녀의 코디 비법

가도노 에이코의 패션 이야기

③ 꾸미는 즐거움

기본은
안경과 백발

　　몸에 걸치는 것들이 머리가 희끗희끗해지면서 자연스레 화사한 색
으로 바뀌었다. 그전까지는 패션하면 옷이 중심이었지만, 이제는 알록달록한
프레임의 안경이 그 자리를 차지했다.

　"옷을 고르기 전에 우선 그 날 쓸 안경부터 정해요. 조그마한 거지만 무시 못
할 존재랍니다. 일 때문에 외출하건 집에 있건 마찬가지예요. 색 조합에는 제
법 신경을 씁니다. 그 다음은 날씨에 따라 고를 때가 많아요. 옷가게에서 마음
에 드는 옷을 발견했을 때나 제가 좋아하는 옷감을 사러 갈 때도 가장 먼저 떠
올리는 게 집에 있는 안경입니다. '이 옷이라면 그 안경과 어울리겠는걸' 하고
따져보곤 하지요. 만약 옷은 마음에 드는데 제 안경과 어울리지 않는다면 울며
겨자 먹기로 포기를 합니다. 안경은 벌써 십여 년 째 하라주쿠原宿의 '루네띠 드
주라リュネット·ジュラ'라는 가게에서 구입하고 있어요. 도수가 안 맞게 되면 렌즈
만 바꿔 사용하는데, 스무 개 정도 있을 걸요. 안경 부자지요. 유행이 약간 지
나더라도 아랑곳하지 않고 잘 쓰고 다닙니다. 사실 안경은 옷이나 액세서리보
다 훨씬 비싸서 신중히 따져본 후 눈 딱 감고 사요. 제가 생각했던 것보다 안경
이 자아내는 인상이 커서 새삼 중요한 존재라는 생각이 듭니다."

　　같은 옷이라도 안경에 따라 분위기가 많이 바뀐다. 중심을 잡아주는 아이템

66

특히 마음에 든다는 오렌지와 빨간 프레임의 안경.
이처럼 대부분의 안경이 무척 컬러풀하다.

이 있으면 거기에 맞춰 옷을 고르면 되기 때문에 고민할 시간이 줄어든다. 아주 가끔 어떤 걸 입어야 할지 갈피를 못 잡더라도 안경을 바꿔보면 쉽게 결론이 난다. 독특한 색깔과 형태가 한데 모인 안경. 자신의 개성을 잘 드러내는 아이템이 있다면 옷과 액세서리를 살 때도 기준이 생겨 이것저것 많이 살 필요가 없고, 전체 분위기나 기분도 간단히 바꿀 수 있어 무척 편하다고 한다.

자주 사용하는 안경은 이 케이스에
가지런히 담아두었다.
'지금일까, 지금일까?' 마치 자신의
차례를 기다리는 듯하다.

'액세서리와 안경만으로도 이렇게 인상이 변하지요' 하며 장난기 가득한 얼굴로 소개한다.

어디든 갈 수 있는
신발

옷은 화사하고 선명한 색을 즐겨 입지만 신발은 대체로 검정, 여름용으로는 흰색 아니면 회색, 앞코가 둥글고 굽이 낮은 게 대부분이다.

"저는 어디든 걸어서 외출하기 때문에 신발이 맞지 않으면 하루 종일 신경이 쓰입니다. 특히 여행 갔을 때 신발이 불편하면 그만큼 즐거움이 줄어들지요. 작가인 스가 아쓰코須賀敦子 씨의 저서 《유르스나르의 신발ユルスナールの靴》에 '꼭 맞는 신발만 있다면 어디든 걸어서 갈 수 있다'라는 문장이 나오는데 정말 맞는 말인 것 같아요. 그래서 신발은 무조건 '제 발에 맞고 신었을 때 편할 것', 이건 절대 양보할 수 없는 조건입니다. 마음에 들어 줄곧 애용하는 신발은 가마쿠라에 있는 '가마쿠라신발 고마야鎌倉靴コマヤ'라는 가게의 제품이에요. 옷과 달리 수수한 편이지요. 그래도 딱 하나, 빨간 롱부츠를 갖고 있답니다. 검은 옷과 빨간 귀걸이를 매치해 신고 다녀요."

원피스는 같은 디자인,
색과 무늬로 색다르게

"어디에 입고 가든 원피스는 참 간편해서 좋아요. 여행을 갈 때 짐이 되지 않아 자주 입게 되었어요. 제 몸에 꼭 맞으면서 마음에 드는 것은 쉽게 만날 수 없지요. 그래서 언제부터인가, 딸아이의 친구인 야마구치 노리에 씨에게 옷감을 주고 지어 입기 시작했습니다. 예쁘고 가볍게 만들어주어서 늘 고맙게 생각하고 있답니다."

집에 있는 화사한 안경과 사탕같이 귀여운 액세서리에 딱 어울리는 원피스를 발견하기란 정말 하늘의 별 따기다. 무늬와 색상이 마음에 들더라도 몸에 맞지 않을 때도 많다. 그래서 직접 마음에 드는 옷감을 골라 몸에 맞게 지어 입기로 했다.

"목둘레가 너무 끼면 갑갑하고, 그렇다고 너무 파이면 이 부분은 나이가 그대로 드러나잖아요. 그걸 교묘하게 감추면서도 편안하게 만들기는 의외로 어려워요. 저마다 좋아하는 네크라인의 모양이 다르니까요. 저 같은 경우 이 정도면 좋겠다 싶은 게 있어요. 마음에 들면 한동안 바꾸지 않지요. 그리고 어깨가 결리는 편이라 갑갑하지 않게, 그렇다고 펑퍼짐하게 보이지 않게끔 디자인에 신경 쓰고 있답니다. 기장은 무릎 아래 10cm 안팎으로 그때그때 옷감에 따라 조금씩 변화를 주고 있어요. 똑같은 디자인으로 똑같이 만들어도 무늬나 옷

가마쿠라의 오나리도리에 있는 포목점에서 천을 구입해 만든 원피스.
아끼는 원피스에 큼직한 흰색 목걸이를 코디했다.

인터넷에서 오래된 천을 찾다가 우연히 발견한 마리
메코Marimekko의 원단. 스모키 컬러의 사과무늬다.

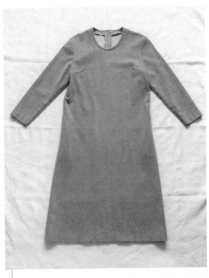

신록처럼 부드러운 연둣빛 원피스는 어디에나 코디하기
쉬워 자주 꺼내 입는 옷이다.

평소 디자인보다 품이 다소 넉넉한 원피스.
부드러운 원단을 사용했다.

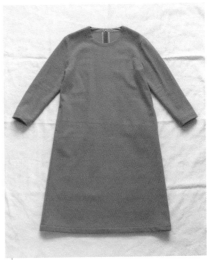

새먼 핑크는 얼굴색을 돋보이게 해준다. 무늬가 없어서
과감한 스타일의 안경이나 액세서리를 코디하기 편하다.

자세히 보면 검은 사슴이 가지런히 프린트된 재미있는
원피스. 이 원피스도 품이 넉넉하다.

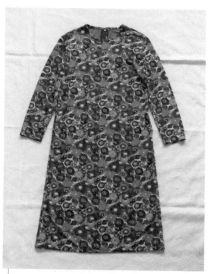

분홍색과 보라색의 꽃무늬 원피스.
가볍고 잘 구겨지지 않아 여행에 안성맞춤이다.

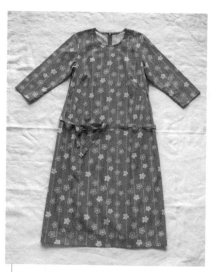

스웨덴의 앤티크 원단 같은 원단으로 벨트도 만들어
살짝 분위기를 바꿔봤다.

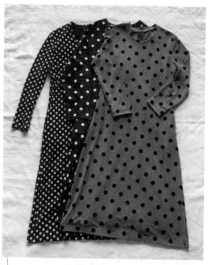

유독 물방울무늬를 좋아한다.
흰색+검정, 검정+회색 등 물방울의 크기와 색을 달리해
다양한 물방울 원피스를 즐기고 있다.

분홍색, 빨간색과 더불어 즐겨 입는 초록색 원피스.
그중에서도 마음에 드는 것은 이 큼직한 꽃이 프린트된 시크한 원피스다.

감의 질감에 따라 막상 입었을 때 다른 옷처럼 보이는 게 신기하더라고요. 게다가 액세서리나 안경에 따라서도 놀랄 만큼 느낌이 달라지기 때문에 코디하는 게 즐겁습니다. 어릴 때 자주 입어서 그런지 물방울무늬에 손이 가 곧잘 입게 되는데, 같은 물방울무늬라고 해도 물방울의 크기나 색 조합에 따라 분위기가 확 바뀌어요. 물론 다른 무늬도 마찬가지지만요. 옷을 지어 입으면 그 자리에서 바로 입어볼 수 없기 때문에 일종의 모험 같습니다. 옷감을 고를 땐 시간을 들여 신중을 기하는데, 이것도 즐거움 중 하나랍니다."

빨간색과 분홍색의 장미무늬 원피스. 이 복고풍 원피스는 집 근처 앤티크 시장에서 한눈에 반해 구입했다.

옷감은 대부분 동네 산책길에 들리는 '스와니'에서 구입한다. 대개 1미터에 천 엔 안팎이므로 옷감비와 맞춤비를 합쳐도 만 엔 정도면 해결할 수 있어 감사할 따름이다. 가끔은 마음에 드는 기성품을 살 때도 있다. 아무리 나이를 먹어도 예쁘게 꾸미고 싶은 마음을 간직한 채 매일 두근거리는 마음으로 옷장 속을 살피고 싶다. 그림을 그리면서 다음에 칠할 부분이 자연스럽게 떠오르듯, 글을 적을 때 단어가 마르지 않고 넘치듯, 가도노 에이코의 하루하루 차림새가 마법처럼 빛나는 것은 바로 이런 비밀이 숨어 있기 때문은 아닐까.

'올레보레블라OLLEBOREBLA'라는 이름의 브랜드 제품인 돼지가 그려진 니트는 어린이 독자를 만날 때 입는다.

가방은 숄더백이 기본,
신발과 같은 색상으로

      화사한 색상의 옷과 액세서리와 달리 가방은 차분한 색이 대부분이다. 걸을 때 양손이 자유로워야 한다는 이유로, 가방은 옆으로 매는 숄더백을 즐겨 든다.

    "카키나 모스 그린, 회색 등 차분한 색의 숄더백은 프랑스 파리의 '브롱티베파리BRONTIBAYPARIS'라는 브랜드 제품이에요. 이 나이가 되니 가방이 무거우면 몸이 힘들더라고요. 이건 나일론 소재라 가벼워서 편해요. 끈 색깔이 몇 가지 있어 그때그때 옷에 맞춰 골라 답니다. 숄더백처럼 어깨에 그대로 걸칠 수도 있고 크로스백처럼 사선으로도 맬 수 있게 길이를 조절할 수 있어요. 한 가지를 다용도로 사용할 수 있는 제품은 사용법이 복잡할 때가 있는데 이건 간단합니다. 아담한 크기라 보기에도 귀엽고요. 그리고 이건 네덜란드 노천 시장에서 산 초록색 가방과 검정색 가방이에요. 끈이 짧아 옷을 지어주는 분에게 부탁해 제게 맞는 길이로 수선했습니다. 항상 사용하는 가방은 이 두 종류예요. 그리고 가방과 구두 색을 맞추는 것도 제 규칙 중 하나입니다. 이 두 가지 색상이 맞으면 다소 화려한 색상을 몸에 걸치더라도 통일이 되어 편안해 보인답니다."

빨간색, 분홍색, 초록색, 노란색 등 알록달록한 끈이 포인트인 가방은 프랑스 파리 브롱티베파리 제품. 인터넷에서 구입했다. 옷에 맞춰 끈 색깔을 고른다.

나일론 소재라 가벼워 자주 드는 가방은 네덜란드에서 구입했다. 짧은 끈을 자신에게 맞는 길이로 수선했더니 더욱 사용하기 편해졌다.

액세서리는
자유롭게, 자유롭게

외국에 여행 가서 구입한 사탕 같은 플라스틱 반지나 알록달록한 구슬이 줄줄이 이어진 목걸이……. 가도노 에이코의 보석함에는 바라보기만 해도 설레는, 귀여운 반지와 목걸이가 가득하다.

"제 장난감 상자예요. 금속 알레르기가 있어서 반지는 거의 다 플라스틱 제품입니다. 그만큼 무척 저렴하지요. 삼백 엔 정도? 비싸봤자 이천 엔 정도예요. 아주 가끔 흥분해서 이것저것 살 때도 있지만 일부러 사러 나가기보다 여행지에서 마음에 드는 걸 구입할 때가 많아요. 외국의 작은 역 주변 상점에 들르거나, 산책 중 우연히 발견하거나 하지요. 목걸이는 가슴까지 내려오는 큼직한 걸 좋아해요. 원피스와 잘 어울리는 데다 전체적으로 포인트가 되거든요. 큼직한 구슬과 조그마한 구슬이 불규칙적으로 이어진 목걸이나, 얼핏 보면 균형이 어그러진 좌우비대칭 목걸이가 막상 착용하면 의외로 진가를 발휘합니다. 물론 이것도 가슴까지 내려오는 크기여야 해요. 그리고 스타일을 강조하면서도 지하철이나 비행기 안에서 체온을 조절해주는 스카프는 길고 좁은 걸 애용합니다. 그리고 또 색 이야기를 꺼내는데, 이것 역시 색 조합에 신경을 많이 쓴답니다. 그런데 이렇게 보고 있자니 비슷한 게 참 많네요. 하지만 하나하나가 추억입니다. 추억과 함께 걸어 다니는 셈이에요."

계절에 상관없이 스카프는 필수품.
캐시미어나 울 등의 부드럽고 발색이 선명한 스카프는 그 날 기분에 따라서 선택한다.

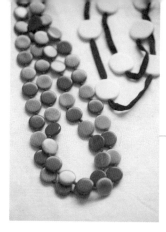

목걸이 중에서도 특히 마음에 드는 두 가지. 초록색과 분홍색이 들어간 목걸이는 오스트리아 빈에서 구입했다. 흰색과 검은색으로 된 목걸이는 가마쿠라의 편집숍 '리미니'에서 산 이탈리아 제품이다.

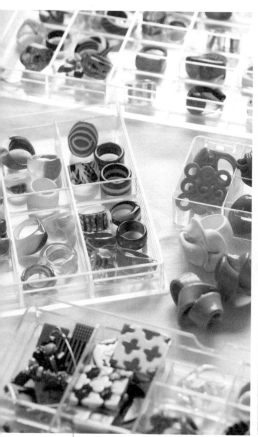

사탕처럼 알록달록한 플라스틱 반지. 보는 것만으로도 즐거워진다.

금속 세공사인 친구가 브로치로 만들어준 《마녀 배달부 키키》, 《바지 선장님 이야기》, 《곰돌이 푸》 등.

작업복은
편하게, 편하게

의사가 입는 흰색 가운에 화려한 색상을 입힌 듯한 작업복. 쓱 걸치면 작업 태세로 돌입할 뿐 아니라 잠깐 집 앞 상점에 들르거나 아침에 쓰레기를 내놓을 때도 편리하다고 한다.

"집에서 입는 옷이 의외로 어려워요. 계속 잠옷을 입고 있을 수도 없고, 그렇다고 외출할 때처럼 말쑥이 차려입자니 갑갑하지요. 게다가 전 글을 쓰는 일을 하다 보니 스웨터나 블라우스에 연필, 잉크 자국이 묻을 때가 많아요. 뭔가 좋은 방법이 없을까 하던 참에, 여행 간 독일과 이탈리아에서 어머니들이 이런 모양의 상의를 후다닥 걸치고 집안일을 하는 걸 보게 되었어요. 저도 따라해봐야겠다 싶었지요. 그래서 늘 제 옷을 만들어주는 분에게 부탁을 했습니다. 원피스와 소매 있는 앞치마의 중간쯤 되는 디자인에 옷깃을 달고, 앞은 열고 잠글 수 있게 했어요. 막상 입어보니 어찌나 편한지. 지금은 없어서는 안 될 존재가 되었답니다. 더러워지면 금방 빨 수 있는 데다 가볍게 입고 벗을 수 있어 참 마음에 들어요."

편하고 유용할 뿐 아니라 귀엽기까지 한 가도노 에이코의 작업복. 집에서 입는 앞치마와는 또 다른 분위기가 있다.

립스틱으로
얼굴을 화사하게

　　화장품에는 딱히 까다롭지 않다. 하지만 립스틱만큼은 '이것!' 하고 정한 후 줄곧 같은 제품을 쓰고 있다고 한다.

　　"립스틱을 바르면 혈색이 좋아 보입니다. 이건 나이를 들고 깨달았어요. 옷에 따라 살짝 립스틱 색을 바꾸는데, 오랫동안 애용하고 있는 제품은 크리스챤 디올의 12번, 13번, 14번 세 가지예요. 번호가 이어지는 걸 보면 아시겠지만 아주 조금씩만 다릅니다. 오렌지색이 조금 진하다든지, 분홍색이 좀 더 선명하다든지 하는 정도예요. 하지만 막상 발라보면 분위기가 달라 그 날 기분과 옷 색깔에 맞춰 바꿔 바르고 있어요. 립스틱 말고 딱히 고집하는 건 없습니다. 스킨은 벌꿀이 들어 있는 제품을 십여 년째 사용하고 있어요. 게을러서 그런지 웬만해선 잘 바꾸지 않아요. 향수는 뿌리지 않고 병만 장식하는 정도입니다."

　　특별히 까다롭지 않지만 결정적인 부분에서는 자신의 색을 잃지 않는다. 가도노 에이코만의 패션과 뷰티 비법. 스킨, 로션도 신경 쓰지 않는다고 하지만 여든두 살로 보이지 않는 고운 피부결과 윤기에는 놀랄 따름이다.

라스트 런

어릴 때 돌아가신 어머니의 생가를 찾으러 오토바이를 타고 홀로 여행을 떠나는 일흔네 살의 주인공 이코 씨. 드디어 예전 모습 그대로 남아 있는 오래된 집을 발견하는데, 갑자기 그곳에서 어머니와 꼭 닮은 어린 여자아이가 나온다. 놀랍게도 그 아이는 이 세상에 '미련'을 둔 유령이었다.

"다섯 살 때 어머니가 돌아가셔서 기억이 별로 없어요. 어떤 분인지도 잘 모른 채 자랐습니다. 그나마 알던 것은 어머니가 아버지보다 연상이었던 점, 오카야마岡山의 요시이吉井 강가의 여관에서 태어났다는 점 정도예요. 그러다가 십여 년 전 어머니의 생가를 찾으러 여행을 떠났습니다. 그곳을 제 눈으로 직접 보니 가슴이 벅차오르더라고요. '분명히 이 세상에 존재하셨던 분이구나' 하는 생각이 처음으로 들었습니다. '빨간 옷을 입고 이 현관을 들락거리셨을까' 하며 상상해보곤 했지요. 이 책은 그 여행을 바탕으로 쓴 자전 동화입니다."

오토바이에 탈 때는 스페인산 가죽 라이더슈트와 캐시미어 머플러 차림, 제비꽃 색의 비단 드레스도 잊지 않고 챙기는 멋쟁이 주인공 이코 씨와 물방울 무늬 원피스를 입은 열두 살의 어머니. 의상 묘사에도 가도노 에이코의 센스가 넘친다. 이러한 점에서도 눈여겨볼 만한 책이다.

《라스트 런》
가도카와쇼텐 (가도카와긴도사지 시리즈 2011년,
가도카와쓰바사문고 2014년, 가도카와문고 2014년)

겨우겨우 익힌 인터넷으로 새까만 가죽의 라이더슈트를 주문했
다. 스페인의 브랜드 제품이다. 양 옆에 에나멜 가죽으로 된 줄이 있
고 무릎에는 쿠션이 달려 있다. 모두 볼에 비비고 싶을 만큼 매끈하
고 부드럽다. 계절에는 다소 어울리지 않는 감이 있지만, 누가 뭐래
도 오토바이 여행에는 가죽이니까. 얇은 캐시미어의 새빨간 머플러
도, 전문가들이 신는 부츠도 구입했다. 면허증과 돈, 그 밖의 잡다한
것들을 넣는 가방도 빨간색이다. 옆으로 매면 마치 옛날 우편집배원
같지만 나름대로 귀엽다. 나머지는 침낭에 물통에 기타 등등. 모두
고급품이다. 자그마한 크기에 단순한 디자인으로 통일했다. 갈아입
을 옷을 넣는 가방에는 제비꽃 색의 비단 원피스도 챙겨 넣었다.

《라스트 런》본문 중에서

1935년 도쿄에서 태어난 그녀는

다섯 살 때 어머니를 여의고

전쟁과 종전을 경험했다.

대학을 졸업한 후

결혼을 하고 얼마 안 있어

브라질로 이민을 가 2년간 지냈다.

현재 여든두 살

지금까지의, 그리고 앞으로의 가도노 에이코의 이야기

4 가도노 에이코는 이런 사람

브라질, 삼바, 카페

　　　　어딘가 다른 곳으로 가보면 어떨까? 바다 건너편에는 무엇이 있을까? 어릴 적부터 늘 이런 생각에 잠기었다고 한다.

"새롭고 신기한 것에 관심이 많은 아이였어요. 학창시절에는 간다神田에 책을 보러 가거나 카페에 들어가는 것도, 항상 지나가는 통학로와 다른 길로 걸어가는 것도 저에게는 마치 여행 같았지만 설마 브라질에 가게 될 줄이야. 고등학교 무렵부터 외국 문화에 호기심이 생겨 대학을 졸업하고 2년 후에는 결혼을 해 브라질로 떠났습니다."

당시에는 외국에 나가는 게 그리 간단하지 않았고, 이민을 갈 수 있는 나라도 브라질이나 아르헨티나 등으로 한정되었다. 가도노 에이코가 자비 이민自費移民이라는 형태로 브라질행을 감행한 것은 결혼한 이듬해인 1959년, 스물네 살 때였다.

"도시 설계를 맡은 건축가 오스카 니에마이어Oscar Niemeyer의 지휘 아래 황야인 브라질리아에 수도를 새로 만들겠다는 나라를 제 눈으로 직접 보고 싶었습니다. 아직 1달러에 360엔이던 시절, 고베神戸에서 지차렌가チチャレンガ호를 타고 태평양, 말라카 해협, 인도양, 대서양을 건너는 두 달간의 바다 여행이었어요. 여러 가지 좋은 일들이 참 많았는데, 그중에서도 가장 즐거웠던 거라면

브라질에 살 때 아버지와 남동생
에게 보낸 편지 뭉치.

1959년에 승선한 지차렌가호의 팸플릿.
항로와 객실, 식당이 일러스트로 상세히 표시되어 있다.

매일 다르게 보이는 아침 해와 석양, 그리고 달이었습니다. 매일 모습을 달리하는 광경은 아무리 봐도 질리지가 않더군요. 배 안에서 외국인 친구들도 사귀어 숨바꼭질을 하며 놀기도 했습니다. 마이크라는 영국인은 배 난관 바깥쪽에 매달린 채 숨어 있어서 도저히 찾을 수가 없었어요. 리우데자네이루에 도착한 밤, 우리는 육지로 내려와 작은 나이트클럽에 갔습니다. 마호가니와 같은 아름다운 피부에 하얀 원피스를 입은 여가수가 꽃을 들고 삼바 캄상Samba Canção을 부르더군요. 마지막에는 그 꽃을 저에게 주었어요. 감격이었지요. 그리고 다음날 늦은 밤, 우리는 목적지인 브라질 산투스에 도착했습니다. 농장으로 가는 사람들은 모두 누군가 마중을 나왔지만, 우리 같은 개인 이민은 마중 나온 이가 아무도 없었어요. 한밤중에 미지의 나라에 덩그러니 남겨진 채 어찌 해야 좋을지 난감했습니다. '앞으로 어떻게 될까' 황량한 항구에 서서 이런 생각을 하고 있었어요. 일본에서도 새로운 곳으로 이사를 가면 불안하잖아요. 그런데 그 순간 눈앞에 바나나를 가득 실은 트럭이 지나가더라고요. 일본에서는 귀한 바나나가 이 나라에는 많구나, 라는 생각이 들면서 갑자기 힘이 솟았습니다. 참 단순하지요."

유독 아끼는 삼바 CD.

EIKO라고 적힌 축구
티셔츠는 친구에게
받은 선물.

싱가포르, 페낭, 모리셔스, 남아프리카 등 기항지의
팸플릿. 지금 봐도 디자인이 신선하다.

그리고 이윽고 가도노 에이코는 브라질 생활의 거처가 되는 아파트에서 열두 살의 남자아이 '루이지뉴'를 만난다. 친구가 된 그에게 말과 음악, 춤 등을 배우면서 브라질 생활은 크게 달라진다. 느긋한 일상, 사람들과의 인연, 사물을 바라보는 법, 생각하는 방식 등을 포함해 인생을 180도 변하게 한 경험은 귀국하고 몇 년 후 첫 저서가 되어 이 세상에 나온다.

"제가 살던 아파트는 저녁이 되면 창문에서 마마에(어머니)가 아래에서 놀고 있는 그에게 '루이지뉴!' 하고 큰 소리로 부르며 저녁 준비가 됐다고 알리는, 그런 서민적인 동네에 있었어요. 그곳에서 지내면서 브라질의 음식, 사람들의 생활상, 느긋한 국민성을 알게 되었지요. 또 하나, 브라질 생활에서 잊을 수 없는 것은 상파울루에 있던 도호東寶 영화관에서 말을 걸어온 여성과 그녀 주변 사람들과의 교류입니다. 카피라이터였던 그녀는 큰 은행 창업자의 손녀로 어마어마한 부자였지만 당당히 자립하여 스스로 번 돈으로 생활하는 여성이었지요. 그녀 주변에는 영화감독 지망생, 배우나 화가를 꿈꾸는 사람 등 다양한 사람들이 모여 있었습니다. 어느 날은 페이조아다* 파티, 또 어느 날은 다락방에서 즉흥 연주회! 저는 거기에 유카타를 입고 가곤 했어요. 보는 것, 듣는 것 모두 처

1960년 리우데자네이루에서 브라질리아로 수도를 옮겼을 때 브라질리아를 소개하는 팸플릿.

산투스에 상륙하기 전날, 여객선에서 준비해준 작별 식사 메뉴. 같은 테이블에 앉은 사람들이 적어준 글도 보인다. 사진은 그때 탔던 승객들.

음 접하는 것들뿐이라 정말이지 하루하루가 무척 자극적이었습니다. 잊을 수 없는, 또 하나의 브라질 사회였지요. 이 이야기는 제 작품《나다라는 이름의 소녀》의 바탕이 되었답니다."

브라질에서 2년간 알찬 나날을 보낸 후 리우데자네이루에서 배를 타고 포르투갈의 리스본으로 건너가 기차로 스페인 마드리드와 톨레도, 도버 해협을 건너 런던, 그리고 파리에서 르노 중고차를 구입해 프랑스, 스위스, 독일, 오스트리아, 덴마크, 스웨덴을 9천 킬로나 돌아다녔다. 그때 독일은 베를린 장벽이 생긴 해였다. 로마에서 차를 처분하고 비행기로 캐나다와 뉴욕을 왕래하다가 드디어 앵커리지 경유로 일본에 귀국한 때가 1961년. 가도노 에이코는 스물여섯 살이 되었다.

• 브라질의 대표적인 음식으로 스튜의 일종.

소년 루이지뉴: 브라질에 살면서

《소년 루이지뉴: 브라질에 살면서》
포플러사 (소년문고 1970년)

루이지뉴의 어머니인 루치 아마랄
과 함께 찍은 기념사진. 당시 가도노
에이코는 스물네 살이었다.

가도노 에이코는 1959년, 스물네 살 때 브라질
로 떠났다. 두 달에 이르는 항해 끝에 밟은 땅은
사람도 공기도 밝은 무더운 곳이었다. 그곳에서
처음 사귄 친구는 같은 아파트에 사는 열두 살의
소년 루이지뉴. 루이지뉴는 그녀의 어린 선생님
으로, 브라질에서 생활하기 위한 기본 지식과 포
르투갈어를 가르쳐주었다.

아파트 엘리베이터에 올라탔을 때 누가 뒤에
서 '세뇨라, 몇 층 가세요?'라고 묻더군요. 그가 바
로 루이지뉴였어요. 제가 대답을 하자 '같은 층이
네요'라고 인사를 한 후 우린 거의 매일 함께 놀게
되었지요. 그러면서 그에게 말과 춤을 배웠답니
다. 만약 루이지뉴가 없었다면 제 브라질 생활은
분명 전혀 다른 모습이었을 거예요. 브라질에서
처음 사귄 이 친구는 의외로 불량스러운 면이 있
어서 종종 학교를 빼먹고 어머니한테 혼나곤 했

지요. 낙제도 했답니다. 하지만 이따금 비치는 열두 살다운 모습이 참 귀여웠지요. 그런데 어느 날 집에 돌아오니 편지 한 장만 남기고 가족 전체가 사라져 버렸더라고요. 잘 가라는 인사조차 건네지 못했는데 말입니다. 제가 브라질을 또 다른 고향이라고 생각하는 것도 이 가족 덕분이에요. 귀국하고 얼마 후 대학 시절의 은사인 다쓰노구치 나오타로龍口直太郎 선생님의 권유로 첫 데뷔작을 내게 되었는데, 바로 루이지뉴와 그 가족들과 함께한 브라질 생활에 대한 내용이지요. 처음에는 내가 글을 쓰다니 감히 엄두도 못 낼 작업이라고 생각했지만, 막상 적기 시작하니 글을 쓰는 게 무척이나 즐겁더라고요. 작가를 업으로 삼는 것과는 별도로 평생 글을 쓰며 살자고 마음먹었습니다."

'세뇨리타 오 케 아리파 쌀라쌀라'라는 소리가 들리며 사람들이 몰려 들었습니다. 그리고 와글와글, 왁자지껄.

나는 그 자리에서 얼어붙어 자신 있는 일본어조차 뻥긋하지 못했습니다.

바로 그때였습니다. 열 살쯤 되는 갈색 피부의 남자아이가 사람들을 밀치고 뛰어오더니 '에, 이, 코' 라고 외쳤습니다. 자신을 '루이지뉴'라고 소개하며 마치 여왕님을 대하듯 고개를 숙여 정중히 인사를 했습니다. 자그마한 몸 전체가 생기 있게 움직였습니다. 그리고 데려간 곳은 18층 아파트의 11층. (중략)

이렇게 해서 아마랄 씨 집에 하숙하게 된 나는 브라질 사람들과 얽히고설키며 생활하기 시작합니다.

《소년 루이지뉴: 브라질에 살면서》본문 중에서

나다라는 이름의 소녀

나다 이야기의 바탕이 된 클라리시와 처음 만난 브라질의 도호 영화관 팸플릿.

《나다라는 이름의 소녀》
가도카와쇼텐 (단행본 2014년,
가도카와문고 2016년)

　당시 브라질에 있던 도호 영화관에서 한 여성이 말을 걸어온다. 클라리시라는 이름의 빨간 머리에 오드아이, 거친 목소리가 인상적인 여성으로 가도노 에이코보다 몇 살 많았다. 그걸 계기로 둘은 친구가 된다.

　"브라질에서 보낸 스물네 살부터 스물여섯 살까지는 하루하루 색다르고 귀중한 경험들로 가득 찼습니다. 그걸 글로 적고 싶다는 생각이 들었을 때 가장 먼저 클라리시가 떠올랐지요. 하지만 예전 그대로가 아닌 요새 이야기로 만들고 싶었습니다. 추억이 너무 많아 감정이 북받칠 것 같았거든요."

　포르투갈어로 아무 것도 없다는 의미인 '나다'라는 이름의 소녀와, 브라질에서 태어나고 자란 포르투갈인 어머니와 일본인 아버지 사이에서 태어난 아리코. 브라질과 포르투갈, 두 나라를 무대로 이 두 소녀의 얽히고설킨 신기한 운명과 우정이 담긴 이야기다.

"나다의 이야기는 클라리시에게서 가지고 왔답니다. 제가 귀국하자 그녀는 일본까지 따라왔지요. 2년 정도 살다가 갑자기 연락이 끊긴 후론 소식을 알 수 없었어요. 그런데 우연히 오사카 만물박물관에서 돌아오다 들른 교토에서 딱 마주쳤답니다. 그녀가 건너편에서 또박또박 걸어오고 있었지요…. 정말 이런 우연도 있더라고요. 놀랄 틈도 없이 저는 목 놓아 울고 말았어요. 하지만 헤어질 때 그녀는 지금 어디에 있는지도 말하지 않은 채 '안녕, 에이코' 하며 지하철 계단을 내려가버렸어요. 그 뒤론 두 번 다시 만나지 못했습니다."

아리코가 학교에서 돌아와 문을 열자 발밑에 봉투가 떨어져 있었습니다. 뒤집어보니 '나다'라고 적혀 있었어요. 아리코는 황급히 봉투 틈새로 손가락을 집어넣어 봉투를 뜯었습니다.

"이번 주 금요일 우리 집에서 페이조아다 파티를 합니다. 많이 놀러 오세요."

거기에는 주소와 시간이 적혀 있었습니다. 그런데 파티 시작 시간이 밤 9시였습니다.

편지 가장자리에 휘갈겨 쓴 글씨가 보였습니다.

"넌 조금 빨리 와. 어두워지면 조금 위험한 동네거든. 오랜만에 수다를 실컷 떨자. 할 이야기가 많을 거야. 아파트 앞에 큰 라파초 나무가 있어. 엄청 큰 데다 노란 꽃이 가득 피어서 금방 찾을 수 있을 거야."

《나다라는 이름의 소녀》 본문 중에서

여행은 언제나 커다란 선물

여행은 가도 가도 좋은 법이다. 젊었을 때 네 살이던 딸을 데리고 둘이서 두 달 동안이나 유럽 여행을 떠난 적도, 딸이 열세 살이던 때는 브라질로 여행을 떠난 적도 있다. 여행 중에 만난 사람들, 음식, 풍경 그리고 오간 대화는 아직도 머릿속 어딘가에 자리 잡고 있으며, 그 경험이 글을 뽑아내는 원천이 되고 있다고 한다.

제2의 고향이라는 야마구치山口 현 시모노세키시의 어린이책 전문 서점 '어린이 광장'과 간몬關門 해협

"좋아하는 곳은 몇 번이고 찾는답니다. 외국으로는 포르투갈, 국내는 시모노세키下関예요. 포르투갈은 스무 번 넘게 다녀왔어요. 원래 브라질을 통치하던 나라였으니 브라질의 그리운 흔적도 느낄 수 있고요. 그곳에서 아줄레주라는 전통 타일을 알게 되어 푹 빠져버렸답니다. 이 타일이 들어간 건축물들도 많이 둘러보고 다녔어요. 남색의 일반 식기를 좋아하게 된 것도 다 아줄레

주 영향이에요. 그리고 일 때문에 호주, 타히티, 그리스, 예루살렘, 키프로스, 크레타에도 갔었습니다. 어디든 훌쩍 떠나버리는 성격이에요. 아마 스물네 살 때 배를 타고 지구 반 바퀴를 돈 영향이 컸을 거예요. 뭐든지 직접 보고 싶어 하는 모험가랍니다. 전 이런 제가 참 좋아요. 하지만 최근에 오랫동안 해외를 떠도는 여행은 단념하게 되었습니다. 억울하게도 역시 나이 때문이에요. 하지만 짧게는 다녀오지요. 여행은 언제나 커다란 선물을 안겨줍니다. 제2의 고향이라고 부르는 시모노세키에 가면 해협 부근의 데크에 주저앉아 커피를 마시곤 하는데, 지상 낙원이 따로 없어요. 또 시내에 있는 어린이 서점인 '어린이 광장'에 가서는 책장 사이에 웅크리고 앉아 시간 가는 줄도 모르고 책을 읽곤 합니다. 영국 작가 엘리너 파전Eleanor Farjeon이 쓴 책 중에 《작은 책방》이라는 멋진 작품이 있는데, 여기야말로 제 '작은 책방'이에요. 게다가 서점 주인인 요코야마 마사코 씨의 북 토크는 덤이에요. 여행은 언제나 가슴을 설레게 합니다."

포르투갈의 전통 타일인 아줄레주를 사용한 건물의 아름다움에 매료되었다.

나의 가족

　　가도노 에이코는 다섯 살 때 어머니와 사별하는 큰 충격을 겪고 어린 시절 내내 마음 한구석이 불안했다고 한다.

　　"이 세상에 태어나 겨우 다섯 해만에 사랑하는 사람의 죽음을 알게 되다니, 정말 충격이 컸습니다. 이 세상에 안 계신다, 돌아오시지 않는다는 걸 이미 알고 있지만 아직도 가슴 어딘가에서 받아들이지 못하는 제가 있는 것 같습니

어린아이를 감싸듯 안고 있는 어머니.
가도노 에이코가 채 한 살이 되기 전.

다. 그런데 어린아이는 참 이상하지요. 화장한 어머니의 뼈를 수습하는데 대합실에 놓고 온 모나카가 계속 생각나더라고요. 가지고 올 걸 하고 말이에요. 저는 늘 외롭고 불안한 아이였습니다. 혼자 기둥에 등을 대고 고개를 숙인 채 죽음이라는 것에 대해 생각하고 또 생각했지요. 그런 저를 웃게 해주신 분이 바로 아버지였습니다. 그중에서도 아버지가 읽어주시는 이야기를 참 좋아했어요. 아버지는 미야모토 무사시宮本武蔵를 좋아하셔서 저에게 자주 들려주셨습니다. 미야모토 흉내

책장 선반 위에 놓인 가족사진. 아버지(왼쪽)와 애견 무무(오른쪽)의 사진과 도쿄 후카가와深川에 있는
도미오카하치만富岡八幡궁에서 아버지, 어머니, 남동생과 함께 찍은 사진(가운데).

를 내면서 말이에요. 여러 가지 재미있는 말들을 노래하듯 말씀하시는 것도 아
버지의 장기셨는데, 제가 글에 의성어와 의태어를 많이 쓰는 것도 아마 아버지
영향일 거예요. 그러면서도 '예의 바르게', '공손하게', '꼼꼼하게'라는 말을 입버
릇처럼 하셨어요. 그리고 '우리 집보다 좋은 집은 없다'라는 말을 줄곧 들으며
자랐습니다. 어릴 때는 우리 집이 최고라고 믿었지만, 자라면서 그렇지 않다는
건 바로 알 수 있었어요. 중간만 해도 감사한 평범한 가정이었습니다. 항상 파
나마모자를 쓰고 회중시계를 걸치셨던 멋쟁이 아버지는 이발소 주인에게 제 머
리 모양까지 이래저래 간섭하는 분이셨어요. 아버지의 양육 방식이 지금의 저
를 만들었다고 해도 과언이 아닙니다. 아버지의 존재는 말할 수 없을 정도로 컸
어요. 그래서일까요, 곤란할 때나 기쁠 때는 가장 먼저 아버지 생각이 납니다."

터널 숲 1945

《터널 숲 1945》
가도카와쇼텐 (단행본 2015년)

초등학교 4학년 때 지바 현으로 피난
갔을 때의 가도노 에이코, 뒤편 왼쪽 끝.

2015년, 종전 70년이 되던 해에 간행되어 커다란 반향을 불러일으킨 한 권의 책은 가도노 에이코 본인의 전쟁 체험이 바탕이 되었다.

"제2차 세계대전이 한창이던 초등학교 5학년 무렵 저희도 도쿄에서 지바로 피난을 갔습니다. 처음 가족들과 산 곳은 집이 아닌 헛간이었어요. 낳아주신 어머니는 이미 돌아가시고, 새어머니와 함께 살던 저는 항상 마음 한구석에 불안감을 안고 있었지요. 전쟁이 격해지고 무조건 참고 견뎌야만 하는 세상 속에서 저는 더욱 제 안으로 숨어 들어갔습니다. 학교를 가는 길에 어둡고 시꺼먼 입을 벌리고 있는, 터널처럼 길고 음침한 숲이 있었어요. 무서워서 지나가기 전에 '5학년 2반 가도노 에이코 지나가겠습니다~'라고 자기소개를 하고 후다닥 달려갔지요. 숲과 사이좋게 지내면 무섭지 않을 거라고 생각했거든요. '조국을 위해', '사치는 적이다'와 같은 말이 사람들을 현혹하던 시대였습니다. 하루하루 간신히 먹고살 정도였어서 남의 집 정원에 열린 감을 애타는 눈으로 바라보곤 했어요. 종전을 맞이한 건 제가 열 살이 되던 해였습니다. 폐허가 되어버린 도쿄는 차마 눈을 뜨고 못 볼 지경이었어요. 언젠가 전쟁을 주제로 인터뷰를 한 적이 있는데, 이 숲의 이야기를 꺼냈더니 담당 편집자가 작품으로 남기자고 하더군요. 그래서 탄생하게 된 이야기입니다. 다른 점이라면 가족 구성 정도, 나머지는 거의 다 제 경험이에요.”

이야기 후반부에는 눈물이 어리고 어리다 하염없이 쏟아진다. 겨우 열 살 된 소녀의 전쟁 체험은 현재를 살아가는 우리에게 전쟁은 두 번 다시 일어나서는 안 된다는 사실을 차분히, 힘 있게 전해준다.

“서두르면 안 돼. 천천히, 천천히.”

아버지는 가만히 주먹밥을 바라보며 중얼거리셨다.

마치 자기 자신에게 말하는 듯했다. 얼마 지나지 않아 맛있는 냄새가 솔솔 풍겼다.

주먹밥을 뒤집는다. 그리고 다시 뒤집는다. 모든 면이 골고루 잘 익었다. 노릇노릇해지자 접시에 담긴 간장을 살짝 발라 다시 망 위에 올려놓는다.(중략)

“자, 됐다!”

“앗 뜨거워, 뜨거워.”

나는 손을 바삐 움직이며 입안으로 주먹밥을 밀어 넣었다.

“역시 구운 주먹밥은 아버지가 만든 게 제일 맛있어요. 일본 만세!”

나는 오물오물하며 말했다. 순간 아버지의 얼굴이 찡그려졌다.

《터널 숲 1945》본문 중에서

마법은 하나,
누구라도 갖고 있는 것

가도노 에이코가 마녀에 관한 책을 읽고 조사를 하거나, 마녀의 발자취를 찾는 여행을 떠나게 된 것은 《마녀 배달부 키키》를 집필한 후였다. 주인공 키키가 세상에서 말하는 나쁜 마녀의 이미지로 비친다면 서글프기 때문이다. 그래서 '마녀'에 대해 좀 더 알고 싶은 마음이 생겼다고 한다.

"먼 옛날, 사람들은 험한 자연 속에서 항상 생명에 대한 불안을 안고 살았습니다. 아이가 태어나도 건강하게 자랄지 장담할 수 없었지요. '어떻게 해서든 가족을 지키고 싶다' 이 마음은 지금도 한결같은 어머니의 바람입니다. 한편 숲속 나무는 겨울이 되면 잎이 떨어져 마치 죽은 것처럼 보이지만, 봄이 되면 새로이 싹을 틔우는 힘을 지니고 있습니다. '이런 재생력을 자신들의 아이에게 줄 수 있다면 건강하게 자랄지 모른다', '무슨 수를 써서라도 사랑하는 사람의 생명을 지키고 싶다' 이러한 어머니의 마음에서 마녀라는 존재가 태어났다고 생각합니다. 마녀는 보이지 않는 세계를 상상하고, 거기에서 느낀 에너지를 삶에 이용했습니다. 그게 약초를 채집하는 일

가장 마음에 드는 마녀 인형을 안고 있는 가도노 에이코. 인형에게 '조조 씨'라는 이름을 지어주었다.

이 되었고 마침내 신기한 힘, 마법이라고 불리게 된 건 아닐까요. 사실 마녀는 그런 평범한 사람들이었던 겁니다. 역사의 틈새에서 악녀 취급을 받던 시기도 있었지만, 키키의 경우는 빗자루로 하늘을 날 수 있는 힘을 이용해 보이지 않는 세계를 확인하고, 상상하고, 더 나은 방법을 찾으며 홀로 살아갑니다. 마법은 상상하는 힘일지도 몰라요. 이건 키키뿐 아니라 어느 누구라도 가지고 있는 힘입니다. 관심을 갖고 기울일수록 그 사람의 마법도 자라는 법이지요. 따라서 마법은 하나. 그리고 누구라도 가지고 있는 것이라고 생각합니다.”

마녀에 대해 조사한 자료의 일부.

《마녀에게 온 편지》는 작가 생활 20주년을 기념하여 만든 책이다. 친분이 있는 작가들이 그림을 그리고, 거기에 가도노 에이코가 짧은 편지를 곁들였다. 직접 벨기에나 루마니아 등 마녀를 찾아 떠난 여행을 담은 에세이 《마녀를 만났다》나 마녀의 역할, 역사, 집, 약초나 복장 등을 그림과 문장으로 정리한 《조조 할머니의 마녀 수업》도 읽는 재미가 쏠쏠하다.

여행을 갈 때마다 발견해 데리고 온 마녀 인형의 수집품 일부.
지인이나 독자에게 받은 선물도 있다. 자신도 모르는 사이 엄청나게
양이 늘었다고 한다. 어느 것 하나 빠짐없이 사랑스러운 수집품들.

실 할머니

1

커다란 마을 조그마한 집의 조그마한 방 소파 위에 조그마한 할머니가 앉아 있습니다.
이름은 '실 할머니'.

2

이 할머니는 한때 '가즈코 씨'라고 불리기도 했습니다. 그때는 팔뚝이 굵은 목수 남편과 개구쟁이 아들과 함께 살고 있었습니다.

3

팔뚝이 굵은 목수 남편이 일을 하다가 사다리에서 떨어져 죽고, 개구쟁이 아들이 팔뚝이 굵은 목수가 되어 좀처럼 돌아올 수 없는 먼 마을로 일을 하러 가게 되자, 할머니는 혼자 소파에 오도카니 앉아 매일 뜨개질을 하였습니다.
낡아진 스웨터를 풀어 실을 만들고, 짧은 털실을 한데 감아 한 올 한 올 뜨개질을 했습니다.
그렇게 완성된 손뜨개를 사람들한테 나눠주는 게 할머니의 즐거움이었습니다.
그래서 언제부터인가 사람들은 할머니를 '실 할머니'라고 부르게 되었습니다.

4

실 할머니는 뜨개질을 할 때마다 옛날 일을 떠올렸습니다.
"그때 아들 녀석하고 달리기 시합을 하다가 넘어졌나······."
"그때 아들 녀석, 풍선이 터져 엉엉 울었지······."
"그때 아들 녀석, 아버지가 목말을 태워주니 신나서 어쩔 줄 몰랐지······."
그때마다 뜨개질을 잠시 멈추고 먼 산을 바라보거나, 힘을 주고 꾹꾹 뜨거나, 도중에 잠이 들기도 했습니다.
그렇게 완성된 손뜨개는 한 쪽이 너무 느슨하거나 한 쪽이 너무 촘촘했습니다.

5

실 할머니는 나이가 들었습니다. 분명 여든 하고도 다섯이었지만, 몇 살인지 기억이 가물가물했습니다.
아흔세 살 같기도 했고, 어느 때는 열세 살 같기도 했습니다. 아들도 마흔여덟 살이지만 스물여섯 살 같기도 하고, 어느 때는 겨우 여섯 살 같기도 했습니다.
하지만 다른 것은 뭐든지 잘 기억했습니다. 다만 그것이 바로 전의 일인지, 얼마 지난 일인지, 아니면 아주 먼 일인지 분명하지 않았습니다.

6

'아들 녀석에게 스웨터를 떠줄까. 집에 돌아왔을 때 입을 수 있게 말이야' 실 할머니는 생각했습니다.

"헐렁헐렁한 스웨터가 좋겠어. 아들 녀석은 팔이 굵은 목수니까. 그러려면 실이 많이 필요하겠지."

실 할머니는 집 안의 털실을 전부 붙여 큼지막한 실타래를 만들었습니다.

실 끝을 당기며 천천히 천천히 뜨기 시작했습니다. 큼지막한 실타래는 쓱쓱 소리를 내며 방 안을 굴러다녔습니다.

7

"맞아, 맞아. 우리 아들 녀석, 키가 쑥쑥 자라 스웨터 밑으로 볼록 튀어나온 배꼽이 보였지……."

실 할머니는 주름진 입을 실룩거리며 후후후 하고 웃었습니다.

"참외 배꼽, 참외 배꼽."

친구들이 놀려도 그 녀석은 아무렇지도 않아 했어.

"이 참외 배꼽 안에 좋은 게 들어 있다고."

"어디, 보여줘봐."

"보여줄 줄 알고."

그 녀석은 으스대면서 스웨터를 죽 잡아당겨 배꼽을 감춰버렸지.

"그러니까 역시 스웨터는 헐렁헐렁한 게 제일이야. 배꼽이 보이지 않게 말이지."

실 할머니는 이가 없는 입을 벌리며 후후후 하고 웃었습니다. 그리고 천천히 천천히 뜨개질을 계속했습니다.

8

맞아, 맞아. 그 녀석은 나한테 거짓말
을 했지.
"어머니, 잠깐 이 앞에 다녀올게요."
그때 나는 이 앞이 아주 먼 곳이라는
걸 바로 알아차렸어. 왜냐면 그 녀석
스웨터가 작아서 안에 무엇을 숨겼는
지 알 수 있었으니까. 돌아가신 아버지
의 끌과 대패였지.
그 녀석이 목수가 되고 싶다고 말했을
때 난 아버지처럼 될까 봐 반대했어.
그래서 그 녀석은 몰래 나가버렸지.
"잠깐 이 앞에 다녀올게요."라고 거짓
말을 하고선 말이야.
그때 스웨터가 헐렁헐렁했다면 그 녀
석은 거짓말을 감출 수 있었을 텐데.
그러면 나도 "그래. 다녀오렴." 하고 웃
어줄 수 있었을 텐데. 그러니 스웨터는
헐렁헐렁한 게 제일이야.

실 할머니는 옅어진 갈
색 눈을 가까이 대며 천
천히 천천히 뜨개질을
이어갔습니다.
실타래만큼은 생기가
넘쳐 이쪽으로 굴러가
고 저쪽으로 달아나다
소파 밑으로 쏙 들어가
버렸습니다.
"맞아, 맞아. 그 녀석도
여기에 숨어서 나오지
않곤 했지. 옷 입기 싫
다고 하면서 말이야."
실 할머니는 소파 밑으
로 얼굴을 집어넣으며
말했습니다.
"이렇게 잡아당겼지.
발가벗은 그 녀석을 말
이야."
실 할머니는 실타래를
꺼내 다시 천천히 천천
히 뜨개질을 이어갔습
니다.

10

 그 녀석은 어렸을 때 되고 싶
은 게 참 많았지.

"너구리가 되고 싶어요."
"코끼리요."
"유령으로 만들어주세요."

그때 아버지의 스웨터가 무척
이나 도움이 됐어.
그 녀석이 입으면 헐렁헐렁한
게 참 좋았지.

11

코끼리 코는 긴 소매, 꼬리는
나머지 한쪽 소매, 얼굴을 목
둘레로 쏙 내밀며 "뒤뚱뒤뚱
코끼리다!" 하며 돌아다녔지.
스웨터 속에 냄비를 넣고는
"땡그랑땡그랑 탁탁 너구리
다!" 하며 두드렸지.
그리고 유령으로도 변했지.
스웨터가 헐렁했으니 얼굴은
목둘레 사이로, 발은 보이지
않고, 소매는 축 내린 채 '으흐
흐흐' 하며 유령 흉내를 냈지.
그래서 언제나 스웨터는 헐렁
헐렁한 게 제일이야.

12

할머니는 혼자 말을 하거나 웃으면서 천천히 천천히 뜨개질을 계속했습니다.

실 할머니의 방금 전 기억도, 얼마 지난 기억도, 아주 먼 기억도 전부 실타래처럼 하나가 되어갔습니다.

13

팔뚝이 굵은 목수 아들은 팔뚝이 더 굵어져 집으로 돌아왔습니다.

실 할머니는 자그마한 소파 위에서 작은 몸을 웅크리고 오도카니 앉아 있었습니다.

그리고 옆에는 스웨터가 놓여 있었습니다.

"네 스웨터란다."

실 할머니는 말했습니다.

"이번에는 곰이 될 거지?"

14

아들은 스웨터를 펼쳤습니다. 헐렁헐렁했습니다. 그것도 아주 많이.

"어머니, 같이 곰이 되어요."

아들은 실 할머니를 안고 스웨터 안으로 들어갔습니다.

실 할머니는 후후후 하고 웃었습니다.

15

"역시 스웨터는 헐렁헐렁한 게 제일이야."

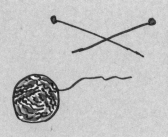

117

21쪽

뮤지컬 《마녀 배달부 키키魔女の宅急便》ⓒ 가도노 에이코 / 간사이 TV 방송

실사판 《마녀 배달부 키키》 블루레이 발매 중(5,700엔+소비세) 발매처: 도에이 비디오

애니메이션 《마녀 배달부 키키》ⓒ 1989 가도노 에이코·Studio Ghibli·N 발매처: 월트 디즈니 재팬

61쪽

《카레라이스는 무서워カレーライスはこわいぞ》

《햄버거를 만들자ハンバーグつくろうよ》

《꼬마 유령 앗치와 드라큘라 드라라おばけのアッチとドララちゃん》

《스파게티가 먹고 싶어요スパゲッティがたべたいよう》

글: 가도노 에이코 │ 그림: 사사키 요코佐々木洋子 │ 꼬마 유령 시리즈 │ 포플러사

109쪽

《여자La Femme·女》

글: 쥘 미슐레Jules Michelet │ 옮김: 오노 가즈미치大野一道 │ 후지와라쇼텐

《초목충어의 인류학 – 애니미즘의 세계草木虫魚の人類学―アニミズムの世界》

《신의 탄생カミの誕生》《신과 신カミと神》

글: 이와타 게이지岩田慶治 │ 고단샤 학술문고: 품절

《그린맨Green man·グリーンマン》

글: 윌리엄 앤더슨William Anderson │ 옮김: 이타쿠라 요시코板倉克子 │ 가와데쇼보신샤

《마녀(상·하) (La) sorcière·魔女》

글: 쥘 미슐레Jules Michelet │ 옮김: 시노다 고이치로篠田浩一郎 │ 이와나미쇼텐

《마녀에게 온 편지魔女からの手紙》

글: 가도노 에이코 | 그림: 아라이 료지荒井良二, 딕 브루너Dick Bruna, 이토 히로시いとうひろ
し, 오시마 다에코大島妙子, 가모사와 유지鴨沢祐仁, 와다 마코토和田誠, 이치카와 사토미市川里
美, 고미 다로五味太郎, 구로이 겐黒井健, 고지마 나오미児島なおみ, 스즈키 고지スズキコージ, 하
시모토 준코橋本淳子, 구니이 세쓰国井節, 초 신타長新太, 다카바야시 마리高林麻里, 우노 아키
라宇野亜喜良, 니시마키 가야코西巻茅子, 스기우라 한모杉浦範茂, 수잔 발레이Susan Varley, 오
타 다이하치太田大八 | 포플러사

《마녀를 만났다魔女に会った》

글: 가도노 에이코 | 사진: 미야 고세이みやこうせい | 후쿠인칸쇼텐

《조조 할머니의 마녀 수업新 魔女図鑑》

글: 가도노 에이코 | 그림: 시모다 도모미下田智美 | 브론즈신샤

112쪽

어린이 잡지《도깨비섬 통신鬼ヶ島通信》1983년 2호에서 첫선을 보였다. (원제: 헐렁헐렁한
스웨터だぶだぶのセーター)

122쪽

일본국회도서관의 데이터베이스를 바탕으로 작성한 것이다. 서적 이외의 창작물이나 전집
내 소제목 등 일부 생략된 것이 있다.

* 본문에 실린 정보는 2017년 3월 기준으로 작성했다.
* 본문 사진 중 일부는 요리 잡지《양상추 클럽レタスクラブ》2016년 7월 25일 ~ 10월 25일호
〈가도노 에이코의 멋진 생활角野栄子さんのすてきなくらし〉에서 사진 일부를 가져왔다.

1935년		1월 1일 도쿄 후카가와에서 태어났다.
		아버지는 전당포를 운영하셨다. 육남매 중 언니 한 명, 남동생 두 명, 여동생 두 명인 차녀로 자랐다.
1940년	5살	친어머니가 병으로 돌아가셨다.
1941년		아버지가 재혼하셨다. 제2차 세계대전이 발발했다.
1944년	9살	야마가타山形 현 니시오키타마西置賜 군 나가이마치長井町, 현재의 나가이長井 시로 피난 갔다.
1945년	10살	3월 10일 도쿄대공습으로 후카가와의 집이 불탔다.
		새어머니, 남동생, 여동생과 함께 지바 현으로 피난 갔다. 아버지는 징용되어 도쿄에 언니와 함께 남았다. 훗날 이때의 경험을 바탕으로 《터널 숲 1945》를 썼다.
		8월 15일 종전을 맞았다.
1948년	13살	피난지에서 도쿄로 돌아와 오쓰마大妻중학교 2학년에 편입했다.
1953년	18살	와세다대학 교육학부 영어영문학과에 입학했다. 다쓰노구치 나오타로 선생님의 강의를 들었다.
1957년	22살	대학을 졸업하고, 기노쿠니야紀伊國屋서점출판부에서 근무했다.
1958년	23살	결혼을 했다.
1959년	24살	자비이민으로 브라질에 2달간 배를 타고 떠났다. 2년간 머물렀다.
1961년	26살	브라질에서 유럽, 캐나다, 미국을 경유해 귀국했다.
1966년	31살	딸이 태어났다.
1970년	35살	와세다대학 시절의 은사인 다쓰노구치 나오타로 씨의 권유로 브라질 체험을 바탕으로 쓴 《소년 루이지뉴: 브라질에 살면서》를 포플러사에서 출판했다. 작가로 등단했다.

1982년	47살	《큰 도둑 브라브라 씨》로 제29회 산케이 아동출판문화상 대상을 받았다.
1984년	49살	《바지 선장님 이야기》, 《우리 엄마는 시즈카 씨》 등으로 제6회 로보노이시 문학상, 《바지 선장님 이야기》로 오분샤 아동문학상, 《목도리 속으로 들어오세요》로 제31회 산케이 아동출판문화상을 받았다.
1985년	50살	《마녀 배달부 키키》를 출판했다. 이 작품으로 제23회 노마 아동문예상, 제34회 쇼가쿠칸 문학상, 1986년 IBBY 어너리스트 문학상을 수상했다.
1989년	54살	《마녀 배달부 키키》를 스튜디오 지브리(감독: 미야자키 하야오)에서 장편 애니메이션 영화로 만들었다.
1993년	58살	《마녀 배달부 키키》가 뮤지컬로 상연됐다. (연출: 니나가와 유키오 蜷川幸雄, 음악: 우자키 류도宇崎竜童, 95, 96년에도 상연. 키키역: 1993년/ 구도 유키工藤夕貴, 1995년/ 오다카 메구미小高恵美, 이리에가나코 入絵加奈子, 1996년/ 모치다 마키持田真樹)
1998년	63살	새어머니가 돌아가셨다. 아버지가 돌아가셨다.
2000년	65살	자수포장紫綬褒章을 받았다.
2011년	76살	제34회 이와야사자나미 문예상을 받았다.
2012년	77살	《바지 선장님 이야기》가 뮤지컬로 상연됐다.
2013년	78살	제48회 도넨제네럴 아동문화상을 받았다.
2014년	79살	《마녀 배달부 키키》가 실사판 영화로 만들어졌다(감독: 시미즈 다카시宮崎駿).
욱일소수장旭日小綬章을 수상했다.
2016년	81살	《터널 숲 1945》로 제63회 산케이 아동출판문화상 닛폰방송상을 받았다.
2016년~2017년		《마녀 배달부 키키》가 영국 사우스워크 플레이하우스에서 뮤지컬로 상연됐다.

가도노 에이코의 창작 목록

	발행 연도	제 목	출판사
1	1970 년	ルイジンニョ少年 ブラジルをたずねて	ポプラ社
2	1970 년	あしあとだあれ	ポプラ社
3	1977 년	ビルにきえたきつね	ポプラ社
4	1979 년	スパゲッティがたべたいよう	ポプラ社
5	1979 년	ハンバーグつくろうよ	ポプラ社
6	1979 년	ネッシーのおむこさん	金の星社
7	1979 년	カレーライスはこわいぞ	ポプラ社
8	1980 년	わたしのママはしずかさん	偕成社
9	1980 년	おばけのコッチピピピ	ポプラ社
10	1980 년	おばけのソッチぞびぞびぞー	ポプラ社
11	1980 년	なんだかへんですおるすばん	フレーベル館
12	1981 년	ズボン船長さんの話	福音館書店
13	1981 년	ピザパイくんたすけてよ	ポプラ社
14	1981 년	ブラジル、娘とふたり旅 ブラジル紀行	あかね書房
15	1981 년	大どろぼうブラブラ氏	講談社
16	1981 년	おばけのアッチねんねんねんね	ポプラ社
17	1981 년	かばのイヤイヤくん	小学館
18	1982 년	ひょうのぼんやりおやすみをとる	講談社
19	1982 년	わたしのパパはケンタ氏	偕成社
20	1982 년	エビフライをおいかけろ	ポプラ社
21	1982 년	はいこちらはがき新聞社	文研出版
22	1982 년	ポシェットさげたのらねこさん	秋書房
23	1982 년	おばけのコッチあかちゃんのまき	ポプラ社
24	1982 년	わすれんぼうをなおすには	旺文社
25	1983 년	おばけのソッチ １年生のまき	ポプラ社
26	1983 년	カレーパンでやっつけよう	ポプラ社
27	1983 년	おばあちゃんはおばけとなかよし	小峰書店
28	1983 年	フルーツポンチはいできあがり	ポプラ社
29	1983 년	おばあちゃんのおみやげ	小学館
30	1984 년	おはいんなさい えりまきに	金の星社
31	1984 년	らくがきはけさないで	あかね書房
32	1984 년	おばけのアッチ スーパーマーケットのまき	ポプラ社
33	1984 년	かえってきたネッシーのおむこさん	金の星社
34	1984 년	おかしなうそつきやさん	ポプラ社
35	1984 년	なぞなぞのおうち	講談社
36	1984 년	ねんねがだいすき	講談社
37	1984 년	わるくちしまいます	ポプラ社
38	1985 년	『魔女の宅急便』《마녀 배달부 키키》	福音館書店
39	1985 년	わたしのパパはケンタ氏	偕成社
40	1985 년	わたしのママはしずかさん	偕成社
41	1985 년	おしりをチクンとさされないで	PHP 研究所
42	1985 년	たんけんイエイエイ	講談社
43	1985 년	ハンバーガーぷかぷかどん	ポプラ社
44	1985 년	おばけのアッチこどもプールのまき	ポプラ社
45	1985 년	ナイナイナイナイ	ひくまの出版
46	1985 년	だっこはいや	講談社
47	1985 년	シップ船長はいやとはいいません	偕成社
48	1985 년	おばけのソッチ ラーメンをどうぞ	ポプラ社
49	1985 년	くまくんのあくび《아기곰의 하품》	ポプラ社
50	1986 년	ぞうさんのうんち《아기코끼리의 똥》	ポプラ社
51	1986 년	大どろぼうブラブラ氏	講談社
52	1986 년	アッチのオムレツぽぽぽぽ～ん	ポプラ社

	발행 연도	제 목	출판사
53	1986 년	かばのイヤイヤくん	小学館
54	1986 년	ねこちゃんのしゃっくり 《아기고양이의 딸꾹질》	ポプラ社
55	1986 년	もぐらさんのいびき 《아빠두더지의 코 고는 소리》	ポプラ社
56	1986 년	おばけのソッチおよめさんのまき	ポプラ社
57	1987 년	ハナさんのおきゃくさま	福音館書店
58	1987 년	アッチとボンのいないいないグラタン	ポプラ社
59	1987 년	にゃあにゃあクリスマス	講談社
60	1987 년	おこさまランチがにげだした	ポプラ社
61	1988 년	ぼく社長だよ、エヘン!	あかね書房
62	1988 년	魔女の宅急便	日本ライトハウス点字出版所
63	1988 년	イソップどうわ	講談社
64	1988 년	ごちそうびっくり箱	筑摩書房
65	1988 년	ブラジル、娘とふたり旅	あかね書房
66	1988 년	もぐらちゃんのおねしょ 《오줌싸개 두더지 형제들》	ポプラ社
67	1989 년	このゆびとまれ 1 ねんせい きゅうしょくブルブル	ポプラ社
68	1989 년	なぞなぞあそびうた	のら書店
69	1989 년	りすちゃんのなみだ 《아기다람쥐의 눈물》	ポプラ社
70	1989 년	アラジンとまほうのランプ アリババと四十人のとうぞく	講談社
71	1989 년	ズボン船長さんの話	福音館書店
72	1989 년	ネッシーのおむこさん・かえってきたネッシーのおむこさん	日本ライトハウス点字出版所
73	1989 년	魔女の宅急便	小学館
74	1989 년	魔女の宅急便 1	徳間書店
75	1989 년	魔女の宅急便 2	徳間書店
76	1989 년	魔女の宅急便 3	徳間書店
77	1989 년	アイとサムの街	ポプラ社
78	1989 년	魔女の宅急便 4	徳間書店
79	1989 년	魔女の宅急便	徳間書店
80	1990 년	ひょうのぼんやりおやすみをとる	講談社
81	1990 년	ちびねこチョビ	あかね書房
82	1990 년	おばけのアッチのゲームのえほん	ポプラ社
83	1990 년	ぶたぶたさんのおなら 《아빠돼지의 멋진 방귀》	ポプラ社
84	1991 년	あかちゃんアッチはいはいしてる	ポプラ社
85	1991 년	あかちゃんアッチはんぶんこ	ポプラ社
86	1991 년	あかちゃんアッチみ〜んなあくび	ポプラ社
87	1991 년	おばけのソッチねこちゃんのまき	ポプラ社
88	1992 년	おすましおすまし	リブロポート
89	1992 년	こちょこちょ	リブロポート
90	1992 년	ころんだころんだ	リブロポート
91	1992 년	さよならママただいまママ	あすなろ書房
92	1992 년	ぼくはおにいちゃん	童心社
93	1992 년	なぞなぞあそびうた 2	のら書店
94	1992 년	おみせやさん	童心社
95	1992 년	ぼくのおとうと	童心社
96	1992 년	クリスマス・クリスマス	福音館書店
97	1993 년	魔女の宅急便 その 2 (キキと新しい魔法)	福音館書店
98	1993 년	モコモコちゃん家出する	クレヨンハウス
99	1993 년	もりはなんでもやさん	ポプラ社
100	1993 년	ちびねこコビとおともだち	あかね書房
101	1994 년	クーちゃんのはじめてのおしゃべり	ポプラ社
102	1994 년	くまくんのしっぽ 《아기곰의 멋진 꼬리》	ポプラ社
103	1994 년	トラベッド	福音館書店
104	1994 년	ぼくびょうきじゃないよ 《난 병이 난 게 아니야》	福音館書店

	발행 연도	제 목	출판사
105	1994년	もぐらちゃんのおてておっぱい 《두더지 형제들의 손가락빨기》	ポプラ社
106	1994년	ナナさんはあみものやさんです	リブロポート
107	1995년	みんなでおみせやさん	ポプラ社
108	1995년	もりのおばけのぶーらりさん	福音館書店
109	1995년	おさんぽぽいぽい	ポプラ社
110	1995년	くまくんのおへそ 《아기곰의 울보배꼽》	偕成社
111	1995년	ライオンくんをごしょうたい	あかね書房
112	1995년	ケンケンとびのけんちゃん	ポプラ社
113	1996년	ぶーらりさんと1ねんせい	小学館
114	1996년	おひさまアコちゃん : まいにちまいにち	ポプラ社
115	1996년	おばけのアッチのおばけカレー	ポプラ社
116	1996년	ぶーらりさんとどろんここぶた	ポプラ社
117	1996년	くまくんのおさんぽ 《아기곰의 돋보기》	ポプラ社
118	1996년	おばけのアッチのあるかないかわからないごちそう	あかね書房
119	1996년	チキチキチキチキチいそいでいそいで 《째깍째깍째깍째깍 얼른얼른 빨리빨리》	国土社
120	1996년	だれかたすけて	ポプラ社
121	1997년	とかげのトホホ	理論社
122	1997년	ネネコさんの動物写真館	白泉社
123	1997년	魔女のひきだし	あかね書房
124	1997년	あそびましょ	あかね書房
125	1997년	いいものみつけた	理論社
126	1997년	とかいじゅうシーシー	文化出版局
127	1997년	一年生になるんだもん	偕成社
128	1997년	おだんごスープ	ポプラ社
129	1997년	魔女からの手紙	あかね書房
130	1998년	ないしょのゆきだるま 《눈사람의 비밀》	福音館書店
131	1998년	魔女に会った	あかね書房
132	1998년	おばけがいっぱい	あかね書房
133	1998년	だれのおうち?	小学館
134	1999년	おひさまアコちゃんあそびましょ	ポプラ社
135	1999년	かいじゅうトゲトゲ	講談社
136	1999년	シンデレラ	ポプラ社
137	1999년	オオくんとゆかいなかぞく	ポプラ社
138	2000년	おそらにいこう	ポプラ社
139	2000년	こんにちはおばけちゃん	ポプラ社
140	2000년	みんなであそぼう	ポプラ社
141	2000년	オオくんのかぞく日記	福音館書店
142	2000년	魔女の宅急便 その3 (キキともうひとりの魔女)	ブロンズ新社
143	2000년	新 魔女図鑑 《조조 할머니의 마녀 수업》	ポプラ社
144	2001년	かいじゅうトゲトゲとミルクちゃん	ポプラ社
145	2001년	ちいさなおひめさま	理論社
146	2002년	とかいじゅうシーシー ウタブタコブタ事件	ポプラ社
147	2002년	みんなであそぼ	福音館書店
148	2002년	魔女の宅急便	ポプラ社
149	2002년	なかよしはらっぱ	ポプラ社
150	2002년	うみだいすき	理論社
151	2002년	ナナさんのいい糸いろいろ	福音館書店
152	2003년	ズボン船長さんの話	童心社
153	2003년	びっくりさんちのみつごちゃん	福音館書店
154	2003년	ネネンとミシンのふしぎなたび	福音館書店
155	2003년	魔女の宅急便 その2	講談社
156	2003년	パンパさんとコンパさんはとってもなかよし	ポプラ社
157	2003년	リンゴちゃん	福音館書店
158	2004년	魔女の宅急便 その4 (キキの恋)	ポプラ社
159	2004년	リンゴちゃんのおはな	

	발행 연도	제 목	출판사
160	2004 년	かいじゅうになりたいミルクちゃん	ポプラ社
161	2004 년	シップ船長といるかのイットちゃん	偕成社
162	2004 년	ファンタジーが生まれるとき:『魔女の宅急便』とわたし	岩波書店
163	2005 년	サラダでげんき《샐러드 먹고 아자!》	福音館書店
164	2005 년	もりのオンステージ	文溪堂
165	2005 년	リンゴちゃんとのろいさん	ポプラ社
166	2005 년	ラブちゃんとボタンタン	講談社
167	2005 년	シップ船長とゆきだるまのユキちゃん	偕成社
168	2005 년	魔女の宅急便:宮崎駿監督作品	小学館
169	2006 년	へんてこりんなおるすばん	教育画劇
170	2006 년	わがままなおにわ	文溪堂
171	2006 년	おうちをつくろう《멋진 집을 만들어요》	学習研究社
172	2006 년	魔女の宅急便 その3	福音館書店
173	2007 년	ブタベイカリー	文溪堂
174	2007 년	角野栄子のちいさなどうわたち 1	ポプラ社
175	2007 년	角野栄子のちいさなどうわたち 2	ポプラ社
176	2007 년	角野栄子のちいさなどうわたち 3	ポプラ社
177	2007 년	角野栄子のちいさなどうわたち 4	ポプラ社
178	2007 년	角野栄子のちいさなどうわたち 5	ポプラ社
179	2007 년	角野栄子のちいさなどうわたち 6	ポプラ社
180	2007 년	わにのニニくんのゆめ	クレヨンハウス
181	2007 년	魔女の宅急便 その5 (魔法のとまり木)	福音館書店
182	2007 년	シップ船長とうみぼうず	偕成社
183	2007 년	イエコさん	ブロンズ新社
184	2007 년	海のジェリービーンズ	理論社
185	2008 년	音がでるおばけのアッチとけいえほん	ポプラ社
186	2008 년	しろくまのアンヨくん	クレヨンハウス
187	2008 년	ぶらんこギーコイコイ	学習研究社
188	2008 년	ランちゃんドキドキ	ポプラ社
189	2008 년	ラブちゃんとボタンタン2 (ひみつだらけ)	講談社
190	2008 년	シップ船長とくじら	偕成社
191	2008 년	ちいさな魔女からの手紙	ポプラ社
192	2008 년	ラブちゃんとボタンタン3 (まいごだらけ)	講談社
193	2009 년	おそとがきえた!	偕成社
194	2009 년	ダンスダンスタッタッタ	ポプラ社
195	2009 년	おめでとうのおはなし	講談社
196	2009 년	まるこさんのおねがい	クレヨンハウス
197	2009 년	まんまるおつきさまおねがいよーう	ポプラ社
198	2009 년	パパのおはなしきかせて	小学館
199	2009 년	あかちゃんがやってきた	福音館書店
200	2009 년	魔女の宅急便 その6 (それぞれの旅立ち)	福音館書店
201	2009 년	なぞなぞあそびえほん	のら書店
202	2009 년	パパはじどうしゃだった	小学館
203	2010 년	ぶらんこギーコイコイ	学研教育出版
204	2010 년	大どろぼうブラブラ氏	講談社
205	2010 년	いっぽんくんのひとりごと	クレヨンハウス
206	2010 년	おばけのアッチとドララちゃん	ポプラ社
207	2010 년	おばけのアッチほっぺたぺろりん	ポプラ社
208	2010 년	ひゅーどろどろかべにゅうどう	小峰書店
209	2011 년	ラスト ラン	角川書店
210	2011 년	シップ船長とチャンピオンくん	偕成社
211	2011 년	おばけのアッチとどきどきドッチ	ポプラ社
212	2011 년	愛蔵版 大どろぼうブラブラ氏	講談社
213	2011 년	カンコさんのとくいわざ	クレヨンハウス
214	2011 년	ダンダンドンドンかいだんおばけ	小峰書店

도움주신 곳

주식회사 후쿠인칸쇼텐 / 주식회사 포플러사 / 하마유우상점 / 카페 비브망 디망슈 / 어린이책 전문 서점 주식회사 어린이 광장 / 스페이스 폰드

* 작별의 문을 열며
    - 가도노 에이코

おわりの
とびらを
あけて

かどの えいこ

옮긴이 오화영

한국외국어대학교 대학원 일어일문학과를 전공하고 일본계 회사에서 근무했으며 현재 출판번역가로 활동 중이다. 저자의 목소리에 귀 기울이고 독자의 마음을 헤아리면서 좋은 책을 만드는 데 번역가로서 조금이나마 도움이 되고 싶다. 그리고 책을 좋아하는 사람들과 늘 소통하며 살고 싶다. 옮긴 책으로는 《혼나는 힘》《내가 입만 열면 왜 어색해질까?》《언젠가 리더가 될 당신에게》《네, 호빵맨입니다》가 있다.

딸기색 립스틱을 바른 에이코 할머니

초판 1쇄 인쇄	2018년 11월 30일
초판 1쇄 발행	2018년 12월 5일
지은이	가도노 에이코
옮긴이	오화영
펴낸이	신민식
편집인	최연순
펴낸곳	도서출판 지식여행
출판등록	제2-3151호
주 소	서울시 마포구 토정로222 한국출판콘텐츠센터 319호
전 화	02-332-1122
팩 스	02-333-6225
이메일	jkp2005@hanmail.net
홈페이지	www.sirubooks.com
인쇄·제본	(주)상지사 P&B
종이	월드페이퍼(주)

ISBN 978-89-6109-497-9 (03830)

이 도서의 국립중앙도서관 출판예정도서목록(CIP)은 서지정보유통지원시스템 홈페이지(http://seoji.nl.go.kr)와 국가자료공동목록시스템(http://www.nl.go.kr/kolisnet)에서 이용하실 수 있습니다.(CIP제어번호: CIP2018038101)